集英社オレンジ文庫

威風堂々悪女 5

白洲 梓

本書は書き下ろしです。

威風堂々悪女5

もくじ

威風堂々悪女 5

一章

立后式《りっこう》まで二日となり、雪媛《せつえん》の周囲は慌《あわ》ただしく準備に追われていた。

青嘉《せいか》たちのいなくなった琴楽殿《きんらくでん》には代わりの護衛がついていたが、芳明《ほうめい》は少しばかり不安な気持ちがしていた。

以前ならこれが当たり前だった。初めて先帝の後宮《こうきゅう》に入った頃の雪媛が、基盤を固めていく困難は並大抵のことではなかった。信頼できる人間は少なく、自分はその数少ない一人であったという自負がある。雪媛が心を許せる相手という意味でも、だ。

(雪媛様、ここのところ全然眠れていないようだし……)

昔の彼女を思い出す。いつも張り詰めた糸のようだった。

それがここ数年、少し変わったと思っていた。ところが最近、かつての彼女に逆戻りしたようにも感じることがある。

(むしろ、昔よりももっと……どこか危ういような)

芳明は庭に出ると、小さく盛った塚へと向かった。先日弔《とむら》ったばかりの、猫の柑柑《かんかん》の墓だ。ちょうどそこに浣紹《かんりょ》の姿があったので、芳明は声をかけた。

「浣紹、来ていたの」

「ええ、この子が好きだった鶏肉《とりにく》を少し」

見れば墓の前には小さな器に盛られた肉が置かれていた。

「安皇后様《あんこうごう》が……よく手ずから食べさせていたわ」

浣紹は、寂《さび》しそうに言った。

「私には全然懐《なつ》いてくれなかったけど、鶏肉をやる時だけは寄ってきてくれたの」

安皇后付きの侍女《じじょ》だった浣紹にとって、猫とはいえ柑柑は唯一亡き主《あるじ》を偲《しの》ぶ同志だったのだろう。芳明は摘《つ》んできた花を墓の前に手向《たむ》けた。

「私も手を焼かされたわ。何度引っかかれたか……」

数日前、突然雪媛の部屋に呼ばれると、そこには柑柑の遺骸《いがい》が横たわっていた。先ほどまで元気だったはずの白猫は、もうぴくりとも動かない。驚き、何があったのかと尋《たず》ねたが雪媛は答えず、ただ丁重に葬ってやってほしいとだけ告げられた。

（一体、何があったのかしら……）

あの夜は、直前に青嘉が訪ねてきていたのを覚えている。

「この子、今頃安皇后様のところに行ってるのね。きっと幸せそうに膝《ひざ》に乗ってごろごろしてるんだわ……」

芳明は複雑な気持ちになった。

安皇后は生きている。その事実が外へ漏《も》れることを警戒し、雪媛も芳明も彼女にそのことを話すつもりはなかった。いずれ約束通り葉永祥《ようえいしょう》とともにこの国へ戻ることがあれば、浣紹も彼女と再会することがあるかもしれない。その時まで、口を閉ざしているしかなかった。

「雪媛様には、安皇后様の分までよい皇后になっていただきたいわ」

浣紹は言った。

「独芙蓉《どくふよう》の好きには絶対にさせないでほしい――それでは、殺された安皇后様が浮かばれないもの」

「大丈夫よ、雪媛様はきっと歴史に名を残す皇后になられるわ」

（そしていずれは皇帝に――皆が幸せになれる世を作る）

芳明はそのために、彼女に付き従い、支えてきた。

（でもその世界は……皆が幸せになれる世界は、雪媛様も幸せになれる世界なのかしら）

年々、雪媛は夢に近づいているはずだった。権力を手にし、思うままに人々を動かし、理想を実現するために進んでいる。

それなのに、雪媛は以前より苦しそうに見えた。

天祐《てんゆう》が生まれた時の彼女の幸せそうな顔を思い出す。あんな表情を、もう長いこと見ていない。

浣紹と別れ雪媛のもとへ向かおうとした芳明は、珠麗《しゅれい》が門を潜《くぐ》って琴洛殿へ入ってくるのに気がついた。

「珠麗様、何か？」

「賢妃《けんひ》様からの使いです。体調がお悪くて明後日の立后式には出席が難しいので、そのご報告に」

独芙蓉に仕《つか》えるようになった珠麗は、青嘉の義理の姉である。そして、あの男――唐智《とうち》鴻《こう》の従姉妹《いとこ》だと、それは最近になって知ったことだった。つまり遠縁ではあるが、芳明の息子の天祐とは血の繋《つな》がりがある。珠麗は知らぬことではあったが、芳明にとっては複雑な気分だった。

「志宝《しほう》殿の具合はいかがですか？」

「……お陰様で、起き上がれるようになりました」

珠麗が暗い表情で目を伏せた。

彼女の息子である志宝は先日、落馬して怪我《けが》を負った。青嘉は詳しく話そうとしなかったが、命に関わる怪我ではなかったと聞いている。それでも母親としてはさぞ心配だろうと、芳明は内心で珠麗を気遣《きづか》わしく思っていた。毎日でも息子の傍《そば》についていたいだろうに、芙蓉がそうさせてはくれないようだった。

（もし天祐が怪我をしたら……私は居ても立ってもいられない。雪媛様ならすぐにあの子のところへ行かせてくれるだろうに）

青白い顔の珠麗が短い息をつきながら胸元を押さえているのに気づき、芳明は怪訝《けげん》に思った。

「珠麗様、顔色が悪いですね。大丈夫ですか？」

「あ、いえ……平気です」

しかしそう言った珠麗は苦しそうに眉を寄せて背を丸めた。

「珠麗様？　どこか苦しいのですか？」

「……最近、胸のあたりがよく痛むのです」

珠麗は夫を亡くした後長いこと床《とこ》に臥《ふ》せり、病弱になっていた。気苦労の多い後宮勤めで、また体調を崩したのだろうか。

「少しお暇《ひま》をいただいては？　近々後宮を出ると伺《うかが》いましたし」

「いえ、賢妃様にご迷惑をおかけするわけには……」

「薬は？」

珠麗は少し躊躇《ためら》って、首を横に振った。

「私の立場ではとても、以前貴妃《きひ》様からいただいていたような高価な薬は手が届きませんから……」

確かに以前、雪媛が希少な薬材を手配し珠麗に贈ったことがあった。しかしあれは雪媛だから手に入れられたものだ。金孟《きんもう》に依頼し、特別に用意した最高峰の薬。

今では芙蓉付きである珠麗に対して、雪媛が直接贈り物をするのは憚《はばか》られた。何より芙蓉が受け取りを拒否させるだろう。

夜になると、芳明は雪媛に事の次第を話した。

「珠麗様の体調が優れないようなんです。以前金孟殿に調達していただいた薬の残りがまだ少しあったはずですから、それをお渡ししてもよいでしょうか？」

寝支度をしていた芳明の主は少し表情を硬くした。立后式を控えながらも雪媛は落ち着いているように見えたが、やはりいつもとは違う気がする。

「……珠麗が？」

「青嘉殿の婚約者に何かあっては大変ですし……」

何より、幼い子の母だ。子どものためにも元気であってほしい。そう思ったが、口には出さなかった。

「ただ、正式にお贈りするのは立場上難しいですから、私からこっそりとお渡ししようかと」

雪媛はしばし考えるようにして、やがて「そうだな」と言った。

「お前から渡してくれ、芳明」

「承知いたしました」

翌日、永楽殿《えいらくでん》を訪れた芳明は珠麗に薬の入った巾着《きんちゃく》を手渡した。

「私に……ですか？」

驚いたように目を瞠《みは》る珠麗に、芳明は笑顔を向けた。

「青嘉殿も、元気な珠麗様に凱旋《がいせん》した姿を見てほしいでしょう。どうかお体を労《いたわ》ってください」

「……ありがとうございます。柳《りゅう》貴妃様には本当に、なんとお礼を申せばよいか」

巾着を両手で大事そうに胸元に抱くと、珠麗は頭を下げた。

「明日は立后式ですね。私は賢妃様のお傍にいるのでお姿を見ることができませんが――お祝い申し上げますと、お伝えください」

「陛下、御子は殺されたのです……そこにいる、柳雪媛に！」

立后式は中断された。

碧成《へきせい》が永楽殿へ駆け込むと、その異様な雰囲気に思わず足を止めた。

薄暗い寝室の奥、寝台に横たわった芙蓉の姿が見える。しかし彼女は人形のような顔で呆然と虚空《こくう》を見つめるばかりだった。頬《ほお》に残る涙の痕《あと》、乱れた長い黒髪、床には砕けた花器の破片が散らばり、天蓋《てんがい》の薄絹は引き裂かれている。泣き叫び暴れる主をなんとか押さえようとした宮女たちの様相も酷《ひど》いもので、皆顔や手に引っかかれた痕があり、髪も衣《ころも》も乱れていた。

「……芙蓉」

碧成がそっと寝台に近づく。

虚脱したような芙蓉は、こちらを見ることもしない。

「……私の子……」

小さく呟《つぶや》くのが聞こえた。

「私の子、が……」

芙蓉の目に映るように、碧成は恐る恐る身を乗り出した。

「芙蓉、余だ」

「芙蓉」

すると芙蓉の茫洋《ぼうよう》とした瞳に、僅《わず》かに光が宿ったように見えた。だがそれもすぐにぼやけ、何も見えていないような顔に戻った。

「私の……私の坊や……」

「芙蓉！」

「陛下、賢妃様は混乱なさっておいでです。落ち着かれるまでは時間がかかります」

医者が恐縮したように頭を下げた。

碧成は土気《つちけ》色の顔をした芙蓉を見つめた。

「安静が必要です。ゆっくり眠れるよう薬を処方いたします」

「……なんとしてでも、賢妃の体の回復に努めよ」

そう言って寝室を後にしようとすると、背後から呻《うめ》くような声がした。

「……お恨み……ます……」

碧成はぎくりとして振り返った。

芙蓉は虚空を見つめながら、僅かに唇を震わせている。

「……芙蓉？」

「あの女の暴虐を……放っておいた……野放しに……陛下……どうして坊やを守ってくださらなかったの……陛下……」

そこからはもう、ぶつぶつと脈絡のない言葉が出るばかりだった。

碧成は衝撃を受け、呆然としながら逃げるように部屋を出た。すると、回廊に控えていた女がぱっと跪《ひざまず》く。

「申し訳ございません！　私がお傍についていていながら！」

「……珠麗」

「どのような罰でもお受けいたします！」

「何があったのだ……何が……どうしてこんなことに……」

碧成は頭を抱《かか》えた。

「護堅《ごけん》の言ったことは、真なのか……？」

立后式の最中《さなか》に飛び込んできた芙蓉の父である護堅は雪媛を指さし、大声でこう言い放ったのだ。

「その者が賢妃様の御子を流そうと毒を盛ったのです、陛下！」

あたりは騒然となった。

碧成の傍《かたわ》らで雪媛は、驚き戸惑っていた。碧成もまた混乱し、困惑の声を上げる。

「流産しただと……？　芙蓉が？　あ、あれほど元気だったではないか……！」

「ええ陛下。それが突然苦しみだし、血を流されました！　直前に口にした食事の椀に堕《だ》胎《たい》を促す薬が入っていたのです！　柳貴妃――いえ、柳皇后の命令で！」

「護堅！　いくらそなたでもそのような戯言《たわごと》は許さぬぞ！　皇后に対してなんたる言いがかりか！」

「目撃者がいるのです、陛下！　すでに証拠も押さえました！」

「証拠だと？」

「永楽殿で、柳皇后の侍女が怪《あや》しい動きをしていたのを見た者がいるのです。そして先ほど捕らえたその芳明という侍女が――懐《ふところ》に紅花《べにばな》を隠し持っておりました！　紅花は妊婦が口にすれば流産を引き起こすものでございます！」

「何……」

「現在、琴洛殿も捜索しております。宮女たちにも尋問を。より確かな証拠が出てくることでしょう。柳皇后の身柄の引き渡しを要求いたします。側近の侍女のしたこと、主が知らぬとは言わせませんぞ！」

碧成は恐る恐る、雪媛の様子を窺《うかが》った。雪媛は凍りついたように目を見開き、そしてその瞳は炎のような熱を帯びていた。

「陛下の御子に手をかけたとなれば死罪に値《あたい》します！　それがたとえ、皇后であったとしてもです！」

「せ、雪媛」

碧成は皇后となったばかりの彼の妻に声をかけた。しかしそこへ護堅の指示で階《きざはし》を駆け上ってきた兵士たちがやってきて、阻《はば》むように彼女を取り囲んでいく。

「――やめよ！」

手を伸ばしたが、届かなかった。兵士たちの作る壁があっさりと碧成から雪媛を遠ざけてしまう。

「やめよやめよ！　皇帝の命《めい》である！　皇后を連れていくことは許さぬ！」

「……陛下！」

雪媛の声が僅かに聞こえた。

「皇帝の命令が聞けぬのか！　そなたたち、即刻死罪を言い渡すぞ！」

その言葉に兵士たちは僅かに躊躇《ちゅうちょ》したようだった。護堅が進み出る。

「陛下、調査すれば真実は明らかになります。天子たるもの、公正に判断されねばなりません。柳皇后が真に無実であれば、そのように落ち着きます。しかし、踏むべき手順は踏まなくてはなりません。――そうではありませんか、皆様！」

護堅が重臣たちに声を上げた。動揺している彼らは、正論を叫ぶ護堅に対して異を唱えようとはしなかった。何より、迂闊《うかつ》に庇《かば》えば皇帝の子を殺したという罪に関わっていたのではないかと疑われるかもしれない、と思ったのだろう。

そうして雪媛は連れていかれ、兵士たちの間から僅かに覗《のぞ》く彼女の姿は、碧成から遠ざけられてしまったのだ。

その姿を思い出し、碧成は頭を抱えた。

眩暈《めまい》がする。息が切れる。

「陛下……」

珠麗が気遣うように声をかける。

「そなたが証人と聞いた、珠麗……本当なのか？」

そう尋ねると珠麗はひどく困惑したように表情を曇らせた。

「私も信じられないのです、陛下……でも……でも確かに……」

珠麗が祈るように、合わせた両手をぎゅっと握りしめた。

「今朝芳明様が……永楽殿の厨《くりや》から出てくるところを見たのです。私の顔を見ると、慌てて駆けていきました。そしてその後、厨でこれを拾ったのです……」

そう言って珠麗が差し出したのは、小さな巾着だった。

「その時はただの落とし物だと思いました。でもこれは……芳明様のものでした、陛下。先ほど琴洛殿の宮女に確認したので間違いありません。中には、僅かですが紅花が……」

「馬鹿な……」

碧成は汗が滲《にじ》んでくるのを感じた。

「恐ろしいことです。信じたくありません……皇后様が、こんなことをなさるなんて。お優しい方でしたのに……」

珠麗は涙ぐんでいた。

「お腹《なか》の子には罪などないではありませんか。あんまりでございます……！」

抜け殻《がら》のようになった芙蓉を思い出す。いつも明るく朗《ほが》らかな女だったというのに、見る影もない。

消えてしまった我が子。顔を見ることもできなかった自分の子。息子だったのだろうか。初めての息子、この国の皇帝になりえたかもしれない子――。

(それを、雪媛が……？)

帳《とばり》が降りるように、すうっと目の前が真っ暗になった。

周囲の音が聞こえなくなる。碧成はそのまま、昏倒《こんとう》した。

江良《こうりよう》は見慣れた官庁街を足早に歩いていた。彼の所属する礼部《れいぶ》を含む尚書省《しようしよしよう》は、この官庁街のほぼ中央に位置している。しかしそれは全体の規模からすればごく小さく、大部分は九寺五監《くじごかん》といった事務官庁が占めていた。尚書省は上級の政務機関、九寺五監は実務官署である。向かうはその一番西に位置する、九寺のうちのひとつ大理寺《だいりじ》だ。

立后式から十日が過ぎていた。

すでに噂《うわさ》は都中に広がり、誰もが顔を合わせれば同じ話題を口にする。芙蓉は流産し、雪媛が犯人として告発され、立后式は中断されるという前代未聞《みもん》の事態。さらに、皇帝は心痛により倒れ床《とこ》に臥してしまい、朝廷は大混乱だ。

大理寺の門前で折よく目的の人影を見つけて、江良は駆け寄った。

「――雀熙《じやくき》殿！」

杖《つえ》をついて歩いていた小柄で痩《や》せぎすな男が足を止めた。

しかめ面《つら》で酷く不機嫌そうな顔をしている。まだ三十代半ばのはずが老け込んでいて、不健康そうな細面《ほそおもて》、目つきの悪い彼がそういう表情だと妙な威圧感があり、周囲の人間は大抵近寄らない。しかし彼の場合それが普通で、決して本当に機嫌が悪いわけではないのだと江良は知っている。怒っている時も楽しい時も、だいたいその顔だ。

薛《せつ》雀熙は、かつて江良が御史台《ぎょしだい》に配属されていた頃の上司だった。

「お久しぶりです。お元気そうで」

「……ふん、江良か」

じろりと暗い目が睨《にら》んでくる。

「大理小卿《しょうけい》に抜擢されたと伺いました。おめでとうございます」

「……お前が本当は何故《なぜ》俺を訪ねてきたかはわかってるぞ、優等生。無駄だ」

江良は今日だけでなくここ数日何度も彼を訪ねていた。しかしいつも、執務中で会えないと追い返されてしまっていた。

「嫌ですね、後輩が昇進のお祝いに来たというのに」

「無駄だ。誰が何を言おうが俺の判断は変わらん。柳皇后の罪を詮議《せんぎ》し量刑を決めるのは俺だ。お前が何をしようと言おうと、俺の考えが変わることはない。同時に、独護堅が何を言おうと、蘇高易《そこうえき》が何をしようと、誰が大金を積もうと、脅《おど》そうと、俺の考えは変わらん。俺は法に則《のっと》り判断する。それ以上でもそれ以下でもない」

雀熙は一気にまくし立てた。

大理小卿は司法機関であるこの大理事の次官である。雀熙は、今回の事件について量刑を決める立場にあった。

「――それは、安心しました」

賄賂《わいろ》も脅しも効かないと、そう言っているのだ。

雀熙というのはそういう人だった。権力に阿《おもね》ることもなく、自分が正しいと思うことをやる。だから出世できない。

ところが今回、突然この大理小卿の任を命じられた。雪媛の尋問も、彼の職掌《しょくしょう》なのだ。

雀熙はじろりと江良を一瞥《いちべつ》すると、

「せっかく来たんだから茶でも飲んでいけ」

と誘った。

執務室に入ると雀熙は自《みずか》ら茶を淹《い》れ始めた。誰かにやらせればいいものを、自分でできることなら自分でやるのだ、と言って彼は聞かない。江良が彼の下についていた頃も、よくこうして茶を振る舞ってくれた。

「失礼します、ご依頼の資料をお持ちしました」

遠慮がちに執務室を訪ねてきたのは若い官吏《かんり》だった。雀熙にじろりと見据えられて緊張したように体を固くする。

「――そこに置いておけ」

「は、はい！」

「おい、お前！」

「……ひっ、は、はい！」

雀熙に厳しい声で呼び止められ、自分が何か粗相をしたのではないかと身を強張《こわば》らせ、怯《おび》えた表情を浮かべる。すると雀熙は小さな籠《かご》をすっと差し出した。

「――食うか？」

彼の机の上に置かれた籠には多様な飴《あめ》が入っていた。それを手に迫る雀熙に、官吏は驚いて、青ざめたままごまごする。

「え、ええと……」

どうしたものかと戸惑っている官吏と目が合ったので、江良が「取りなさい」と促すように目配せして頷《うなず》く。すると彼は恐る恐る、ひとつだけ手に取った。

「あ、ありがとうございます……」

「頭を使うと疲れるからな。甘いものが効く。食え」

「は、はい……。し、失礼いたします」

官吏が逃げるように部屋を出ていくと、雀熙は茶を注いで「ほらよ」と江良の前に置いた。さらに菓子を載《の》せた皿まで出てくる。

「むっ、これは……初めて見る点心ですね？」

思わず身を乗り出した江良に、雀熙は満足そうに頷いた。

「北方の民族に伝わる菓子だ。この間作り方を教わってな」

雀熙は自分で菓子も作ってしまう。最初に雀熙と打ち解けたのも、甘いもの好きという共通点があったからだった。

見たところ揚げ菓子のようだ。いただきます、と江良はひとつ手に取って口に運ぶ。ふんわりとした口当たりで、ほどよい甘さだ。

「うん、これは茶に合いますね」

「そうだろうそうだろう」

「……歯にくっつきますけどね」

もぐもぐと咀嚼《そしやく》しながら江良はさらにもう一つ手に取る。

「癖《くせ》になるぞ。今、別の味も考案中だ」

「ほう、できたら試食させてください。――そうだ、大通りに新しくできた南桜楼《なんおうろう》の核桃《かくとう》酪《らく》はもう召し上がりましたか？」

「当然だ。だが俺はやはり天鼎飯店《てんていはんてん》の核桃酪のほうが好みだな」

「ですよね。やはりあそこは胡桃《くるみ》本来の味がなんともいえず……そういえば、先頃天鼎飯店へ行く途中、雀煕殿の奥方を見かけましたよ。廟《びょう》参りの途中だったようで」

雀煕は少し気まずそうな顔で視線を彷徨《さまよ》わせた。

彼には子どもがいなかった。結婚して十年以上になる妻は今も、子を授かるようにと祈りを捧《ささ》げるのを欠かさない。それを見られたのが少し決まりが悪いのだろう。

「奥方は喜んでいるのでは？　いきなりの昇進ですから」

「出世とは縁のない人生を送るはずだったのになぁ。人生は何が起こるかわからないもんだ……」

今回の人事は、周囲の複雑な思惑が絡《から》んで雀煕が人柱として押し出されたようなものだった。

ここ数日の間に、皇宮《こうぐう》内の勢力図は目まぐるしく変わった。雪媛が捕らわれ碧成が臥せってしまったことで、雪媛を支持していた者たちは軒並み身を潜《ひそ》め、独護堅を中心とした反雪媛派が一気に台頭し始めた。

雪媛を裁くにあたっても当然、独護堅の息のかかった者が選ばれるはずだった。ところが誰もがそれを、病だなんだと理由をつけて固辞したのだ。

「皆、重い刑を課して万が一『神女』たる柳皇后に呪われたら、と思うと怖いのさ。皇帝が回復した後に恨まれても身の破滅。かといって、尚書令《しょうしょれい》たっての意向に背《そむ》いて軽い刑にするわけにもいかない。自分じゃない誰か、呪われてもいい人間、そしてどちらの派閥《はばつ》にも属していない、こういう時に都合のいい人間――それが俺だっただけだ」

「どんな理由であれ、雀熙殿が高い地位についてくれるのは嬉しいです」

「馬鹿馬鹿しい。呪いなんてもんがあるわけねぇだろう。占いだの呪術だの、そういうのは皆ただの方便。人間の心理を利用しているだけだ」

「そうですね、普通はそうです。ただ――雪媛様の未来を見通す目は本物ですよ」

「偶然だ。もしくは、計画的に作り上げられたものだ」

「雀熙殿は昔から、そういう類《たぐい》に手厳しいですね」

「……俺が生まれた時にな、旅の占い師ってやつがちょうど村にやってきて、赤ん坊の俺を占ったそうだ。そしてその占い師はこう言った。『この子は二十歳《はたち》を迎えられないだろう』――おい、俺は今いくつだ?」

江良はもう一つ菓子を頬張りながら、でも、と口を開く。

「こうも考えられます。雀熙殿のご両親はその予言を聞いて、なんとか息子を長生きさせようと考えた。生まれつき体が丈夫ではなかったから、食べ物に気を遣《つか》い、無理な運動をさせないように注意し、健康を損《そこ》なわないようにした。事故に遭《あ》わないようにいつも見守った。――だから、予言を回避できたのでは?」

雀熙はふん、と鼻を鳴らした。

「つまり占いだの予言だのは、そうやってどっちに転んでも言い訳できるようになってるのさ。それだけのことだ。そしてうちの両親はその占い師から高い護符だの霊験《れいげん》あらたかな壺だの、怪しげなものをたんまり買わされたってのがこの話のオチだよ。──それにどうせ予言するなら、俺が暴漢に襲われてこの足がこうなっちまうことを言い当てるべきだっただろうが。なぁ？」

そう吐き捨てて、不自由な左足をぽんと叩《たた》く。

茶を飲み干し、江良は居住まいを正した。

「……雪媛様の様子は、いかがですか？」

すると雀熙は、鋭い視線をじっと江良に向けた。

「江良、もう柳皇后からは手を引け」

「雀熙殿」

「お前が懇意《こんい》にしていたのは知っているが、だからこそだ。お前のためにならん」

江良には、今度の件が雪媛の仕業《しわざ》だとは信じられなかった。

確かに雪媛は芙蓉の妊娠を厄介な出来事だと感じていたし、尚宇《しょうう》などは早急に手を下すべきだと主張していた。だとしても、相談もなく根回しもなくこんなことをする人ではないのだ。発覚の仕方があまりにお粗末すぎるし、直接芳明に手を下させるはずもない。

「陛下はまだ起き上がることもできないと聞いています。陛下の裁可なしに罰することなど――」

「いいか江良。柳皇后は陛下ではなく司法の下《もと》に置かれたんだ。陛下が直接審判をすると決めたなら俺はどうすることもできない。だが柳皇后はこちらに引き渡された。その時点でもう、法を枉《ま》げるわけにはいかない」

江良は口を噤《つぐ》んだ。

「そして残念ながら今回は――無罪というわけにはいかないんだよ」

「雀熙殿、どうかよくお調べください。此度《こたび》の件の首謀者は雪媛様であるはずがないのです」

雀熙は厳《いか》めしい表情をさらに深くして、江良を見つめた。

「だがな江良。その柳雪媛本人が俺に言ったんだ。――間違いなく、自分がやった、と」

智鴻は従姉妹の姿を見つけると、険しい表情で近づいた。

「――珠麗！」

「兄様……」

後宮を出て王家に戻るという珠麗が挨拶《あいさつ》にやってきたと聞いて、智鴻は苛立《いらだ》っていた。

(何のために独賢妃のもとに送り込んだと思ってるんだ……それが、こんなことに)

後宮での権力を左右するのはとにかく子どもだ。未来の皇太子の母になるかもしれない芙蓉と繋がりを得ようと、この従姉妹を差し向けたというのに。

聞けば芙蓉は流産し、廃人のような有様だという。皇帝である碧成も倒れ、どうなるかわからない。智鴻を取り立てた蘇高易はいまだ謹慎中だ。今は独護堅が盛り返したように見える朝廷も、結局芙蓉が男子を産まないのならこれ以上勢力が増すことは見込めないだろう。

(こんなことなら昌王《しょうおう》を捨て駒にするんじゃなかった……)

彼が利用して息の根を止めた先帝の長子。今生きていれば皇帝に推《お》せたのに。

「後宮を出るというのは本当か？　どうしてだ。賢妃様は今がお辛《つら》いときだ。お前が傍に必要だろう」

今後碧成が回復すれば、独芙蓉がまた寵姫《ちょうき》となる可能性もある。芙蓉は辛いときに献身的に支えた者に信を置くだろう。あらゆる可能性を考慮し、駒を据えておく。それが智鴻のやり方だった。

(ひとまず珠麗には永楽殿に留まってもらわなければ――)

「……ごめんなさい、賢妃様をお守りできなくて」

(まったくだ、毎日ついていながら、どうして薬が盛られたことにも気づかないんだ。役立たずめ)

　心の中でそう毒づきながらも、智鴻はあくまで優しい兄として振る舞った。

「仕方がない、珠麗のせいじゃないさ。柳皇后が巧妙でしたたかな女なんだ」

「今回のことで後宮が恐ろしいところだと身に染《し》みたのよ。私には……このお役目は務まらないわ」

「珠麗」

「それに……何より今は、志宝の傍にいたいのよ」

　珠麗の息子が落馬事故で大怪我を負ったというのは聞いていた。

「珠麗、志宝のことは俺も心配だ。だけど……」

「ごめんなさい、兄様」

　珠麗はそれだけ言って背を向けると、迷いのない足取りで去っていく。

　追いかけようかと考え、智鴻はすぐにやめた。

(これだから女は。国の大事より子どもを優先するとは！)

状況を正しく把握する必要があった。誰につけば得策か。現在だけでなく、未来を見据えて動かなくてはならない。

（しかし、薛雀熙が大理小卿とは……雀《すずめ》め、思いがけず出世したものだ）

雀熙は、智鴻とは科挙《かきょ》合格者の同期にあたる。

出会ってすぐに気づいた。雀熙は自分よりも優秀だ、と。

目障《めざわ》りだった。

少し痛い目を見せてやろうと街の破落戸《ごろつき》に襲わせた。以来、雀熙は杖なしでは歩けない。

科挙合格の条件のひとつは、心身共に健康であることだった。すでに合格し進士《しんし》となった後とはいえ、雀熙は士大夫《したいふ》としての大切な条件を失ったのだ。以来閑職《かんしょく》へ追いやられ、日の目を見ることはなかった。

（まぁいい。やつはどの派閥にも属していないし、職務に対しては正当性を重んじる。目の前に並べられた証拠に基《もと》づき適正な判断をするはずだ。証拠は揃《そろ》っている。これで柳皇后が失脚すれば――）

皇帝の心は、柳雪媛にあまりに多く傾き過ぎている。

ただの女として傾くなら構わない。だが政《まつりごと》にまで口出しし、影響力を保持されては困る。

（陛下の心を、俺に向けさせるためには）

実行犯とされる侍女の取り調べがまだ続いているはずだった。この女が口を割り、すべて皇后の指示であったと証言すればよい。聞くところでは、この侍女は頑《かたく》なに事件への関与を否定しているという。

「ずっと拷問にかけてるんですけどね。まだ吐きません。しぶとい女です」

獄吏《ごくり》に探りを入れると、そう答えが返ってきた。そのまま、尋問が行われている中庭へと足を向ける。

(白状すれば減刑してやる、と囁《ささや》いてやれば気も変わるだろう。もしくは家族を盾《たて》に取って脅すか……)

苦痛に叫ぶ女の悲鳴が聞こえてくる。

両手を縛られ吊るされた女に刑吏《けいり》が何度も杖《じょう》を振り下ろしているのが目に入った。意識を失いそうになると水がばしゃりと浴びせられた。

「紅花はどこで手に入れた！」

「…………」

「すべて柳皇后の指示だな⁉」

「……違い、ます」

女は掠《かす》れた声で言った。

「皇后様は……何の関係もありません……！」
再び仗が女を打ち据える。悲鳴が上がった。
（しぶといな）
どんな女かと少し興味をそそられ、俯《うつむ》いた真っ青な顔に目を向ける。
やがて智鴻は眉を寄せた。目を眇《すが》め、何度も記憶を反芻《はんすう》する。
（あれは……）
息を飲む。
見覚えがあった。
若かった自分が溺《おぼ》れた女。誰より美しく、誰より輝いていた女。
その舞を一目見て、心を奪われた女。
そして──死んだはずの女だった。

二章

扉が開くと柳雪媛《りゅうせつえん》が一人、ひっそりと粗末な椅子に腰を下ろしていた。薄暗い小部屋は狭く、中央に机がひとつと、椅子が二脚だけ据えられている。

雀熙《じゃくき》が足を踏み入れると、背後で兵士が扉を閉めた。

立后《りっこう》式の最中《さなか》に捕らえられた雪媛は、皇后《こうごう》としての豪奢《ごうしゃ》な衣《ころも》を身に纏《まと》ったままだった。

雀熙は初めて間近で見る皇帝の寵姫《ちょうき》を冷静に観察した。

囚《とら》われの身であるというのに、怯《おび》えや不安といった色はその顔にはない。さすがにその身一つで皇后の座にまで上り詰めただけあって、威厳が備わっている、と思う。

雀熙は事務的に挨拶《あいさつ》をした。

「――大理小卿《だいりしょうけい》、薛《せつ》雀熙と申します。此度《こたび》の件について一任されております」

名乗ると、雪媛が少し奇妙な表情を浮かべた。

彼女は雀熙が椅子に立てかけた杖《つえ》に目を向け、そしてまじまじと彼の顔を見つめた。そして途端に喜色を浮かべて声を上げた。

「……大雀《たいじゃく》か！」

まるで懐《なつ》かしい旧知の相手に出会ったような態度だったので、雀熙は怪訝《けげん》に思った。不思議なことに、崇敬とでもいうような眼差《まなざ》しをこちらに向けてくる。

（大雀……？）

人の名に『大』をつけるのはその人物の偉大さを表現する時だ。長年日陰の官吏《かんり》でしかなかった彼をそう呼ぶ者などいない。むしろ嘲《あざけ》りや侮蔑《ぶべつ》を込めて『雀《すずめ》』と揶揄《やゆ》されることのほうが多かった。

「……？　お会いしたことはないはずですが」

すると雪媛は何かに思い至ったように、ふと前のめりになった姿勢を正した。

「……そうだな。会ったことはない」

そして雪媛はふと考えるような顔になる。

「大理小卿……なるほど、此度の件で抜擢か」

そう呟《つぶや》いて表情を歪《ゆが》める。

「ここで表舞台に出てくるのか……私がきっかけで……？　ははっ……そういうことなのか……」

平常心を保っているように見えて、やはり混乱しているのだろうか。わけのわからない独り言を口にする雪媛の様子にそう見当をつけて、雀煕は持ってきた包みを開いた。執務室にいつも置いている、飴《あめ》の詰まった籠《かご》を取り出す。

「食べますか?」

尋《たず》ねると、雪媛は目を瞬《しばたた》かせた。

「毒など入っていませんので。欲しくなったら、いつでもどうぞ」

自分は早速一つ口に放り込んで調書を開き、筆を手に取った。

「独賢妃《どくけんひ》の食事に、紅花《べにばな》の粉末が入っていました。今朝方、永楽殿《えいらくでん》で怪《あや》しい人影が目撃され、それが皇后様の侍女《じじょ》である芳明《ほうめい》だと証言する者がいるのです。そしてその芳明を捕らえたところ――懐《ふところ》に紅花を所持していました」

「芳明は朝から私の傍《そば》にいた。永楽殿へ行く暇《ひま》などない」

「芳明の持ち物が永楽殿の厨《くりや》に落ちていました」

そう言って雀煕は、小さな巾着《きんちゃく》を取り出し机に置いた。それに目を向けると雪媛は眉を寄せた。

「琴洛殿《きんらくでん》の者に確認したところ、これは確かに芳明の持ち物だということでした。芳明はあなたの侍女です。――あなたが芳明に指示して、独賢妃の食事に紅花を混ぜ流産をさせたのですね？」

「私ではない」

「物的証拠、状況証拠、いずれからもそう考えるのが自然です」

「おや……私の記憶が間違っていなければ前皇后が毒殺された時、実行犯は独賢妃の侍女だったというのに、独賢妃は犯人と認定されなかったけれどね」

その前例を出され、雀煕は内心でため息をついた。

後宮《こうきゅう》の問題というのは大抵そうして、うやむやに終わるのだ。後宮はもう一つの別の国と言ってもいい。その住人たちが法に照らして処分されることはまずなく、皇帝の意向でどうとでもできてしまうのだ。しかし今回は、事情が違った。

「陛下は――ご心痛によりお倒れになり、床《とこ》に臥《ふ》しておられます。しばらくはご養生が必要です。ですので、この件で陛下のご温情を当てにすることはできないとお心得を」

「……陛下が？」

雪媛が僅《わず》かに身を乗り出した。

「ご容態は？」

「今のところ、起き上がることもままならないと」

雪媛は考え込む様子だった。

雀熙は机の上に、小箱をひとつ置いた。

「こちらに見覚えがおありですね？」

雪媛は答えない。

「琴洛殿から押収したものです。化粧箱の二重底に隠されていました。皇后様のものですね？」

小箱をそっと開けると、中には小さな丸薬が入っていた。雀熙はそれを皇宮《こうぐう》で医官の最高位にある太医令《たいいれい》と、そして市井《しせい》の医者にも見せて確認させた。それが何であるか、答えはどちらも同じだった。

「この薬には、女人《にょにん》が妊娠するのを妨《さまた》げる効能があります。――何故《なにゆえ》皇后様がこのようなものをお持ちなのでしょうか」

後宮の女ならば、子を持つことを第一命題に掲《かか》げる。皇帝の寵姫、そして皇后ともなれば尚更だ。こんなものを、自分が飲むために持つはずはない。

「あなたは後宮の妃《きさき》たちに、これを密かに服用させていたのでは？　自分以外の妃が先に身籠《みご》ることのないように。しかし、独賢妃は陛下の御子をあなたより先に身籠ってしまった。だから、生まれる前に排除しようとした――違いますか？」

雪媛は口を引き結んだまま、沈黙した。そしてそれきり、何も語らなくなった。

雪媛は牢獄に押し込められることはなかったが、琴洛殿へ戻ることは許さず尋問用の小部屋にとどめ置き、見張りをつけて監視した。

翌日もその翌日も雀熙は取り調べを続けたが、雪媛は黙秘を続けるつもりのようだった。

逃げ切れると思っているのだろうが、そうはいかなかった。

「助けをお待ちになっているなら、無駄ですよ」

雀熙は言った。

「柳本家も捜索済みです。長である柳原許《げんきょ》と、あなたが特に目をかけておいでだった李《り》尚宇《しょうう》も拘束してあります。この李尚宇が、人を使って紅花を購入したこともわかっています」

雪媛の表情には疲れの色が見え始めていたが、それでも強い光を湛《たた》えた瞳が雀熙を見返した。

「それから、重臣の皆様の助力も期待されぬことです。朝廷であなたを庇《かば》う発言をする方は今のところ見当たりません。尚書令《しょうしょれい》殿を中心に、弾劾《だんがい》の声が轟《とどろ》いております。……私に金を渡そうとする者も脅《おど》そうとする者も、いまのところ現れておりません」

雪媛が拘束されて以来、彼女を支持していた者たちはいずれも口を閉ざし、見ざる聞かざるを決め込んでいる。

（皇帝の子を殺したとなれば大罪。関与を疑われれば身の破滅だろうからな）

長年部外者のように眺めてきた朝廷はそういうところだった。その時の大勢によって、皆あっちへ行ったりこっちへ行ったり。潮目が変わればすぐに態度を変える。

例外は蘇高易《そこうえき》くらいだっただろうか、と雀熙は考えた。

後宮は外とは隔絶した別の国であると同時に、孤島でもある。だからこそ外部からの力は、思いのほかあっけなく途切れる。

（皇后に子がいれば状況は違っただろうが……）

目の前にいるこの女性は、今では何も持たないただの女だった。

子、と考えて雀熙はふと妻を思い出した。いまだに子を欲しがっているが、もう難しいだろう。養子を迎えることも考えてみよう、と思う。

雪媛はやはり何も語らなかった。

やがて雪媛が拘束されて七日が経《た》った。目の前に座る皇后の頬《ほお》は明らかに以前より削《そ》げているように思われた。見張りに確認すると、出された食事にほとんど手をつけていないという。

「食べますか？」

尋問用の部屋に置かれた机に、雀熙は毎日飴の入った籠を置いていた。毎日そう尋ねるが、雪媛は手に取らなかった。

皇帝は熱を出し、そのまま小康状態が続いている。いまだ起き上がることもできず、譫《うわ》言《ごと》を口にしていると聞く。

雪媛は恐らく、皇帝が回復するのを待っているのだ。しかし雀熙はその前に決着をつけたかった。これは一官吏の、仕事に対する尊厳に関わる問題だと考えていた。皇帝の気持ちひとつで裁きが左右されてはならない。

「――今日はあなたにお見せしたいものがあります」

そう言って雀熙は雪媛を外へと連れ出した。見張りの兵に囲まれながら、雪媛は黙って付いてくる。その表情には僅かに怪訝そうな様子が浮かんでいた。

突如、恐ろしい悲鳴が聞こえた。

それを耳にした雪媛は、はっと目を瞠《みは》る。

角を曲がり、視界が開ける。罪人に拷問を加え証言を得るための仕置き場だ。

中央には一人の女の姿があった。乱れた黒髪が真っ青な頬に張り付いている。刑吏《けいり》が杖《じょう》を振り下ろす度、その体が跳ね、呻き声が上がる。

雪媛の侍女である芳明だった。今回の事件の実行犯と目される人物だ。

永楽殿での目撃情報と、落ちていた彼女の私物、所持していた紅花、どれを取ってもすべて彼女の仕業《しわざ》であることを指し示している。しかし本人は否定を続け、拷問にかけてもいまだに口を割らない。

「柳皇后の命令で、独賢妃の食事に紅花を混ぜたのだな？」

「違……い……ます……」

掠《かす》れた力ない声だった。

「お前がやったという証拠は揃《そろ》っているのだ。罪は免《まぬか》れぬぞ。だが、首謀者の名を明かし罪を認めるならば、刑を減じることもできる」

「……ええ……私がやったと……何度も言っているでしょう……だから……私だけ裁けばいい……皇后様は……何の関係も……ありません……」

「お前の独断だというのか？」

「……皇后様は……関係……ありません……」

力なく項垂《うなだ》れながら、芳明は絶え絶えに言った。

「……私が……勝手にやったことです……皇后様は何もご存じありません……私が……」

尋問する官吏は渋い顔をした。彼は独護堅《ごけん》の派閥《はばつ》に属しており、どうしてもここで雪媛の関与を証明したいのだ。

「続けろ、もっと打て！」

再び悲鳴が上がった。芳明の衣服には血が滲《にじ》んでおり、それはすでに赤茶色に変色している。

「随分と忠誠心の厚い侍女をお持ちのようですね。しかしあれでは、証言を引き出す前に死んでしまうでしょう」

拷問の様子を眺めながら、雀煕はあえて無慈悲に言った。これで少しでも雪媛に揺さぶりをかけられればいい。

「主《あるじ》として、あのように忠義を示す者を放っておかれるおつもりですか」

背後の雪媛を振り返る。

雪媛は無言のまま、打ち据えられ痛苦に悲鳴を上げる芳明を見つめていた。

取り乱してはいなかった。

何も言わず、静かに佇《たたず》んでいる。

目の前で自分の侍女があれほど惨《むご》い仕打ちを受けているというのに、何も感じないのだろうか。しかも芳明は雪媛を庇うために自分ひとりで罪を被《かぶ》る気でいるのだ。

（使用人など、どうでもいいということか）

雀煕は当てが外れたと思った。

しかしふと視線を落とすと、雪媛が拳を強く握りしめていることに気づいた。真っ白なその指の間から、ぽたり、と何かが地面に落ちて染《し》みを作る。

真っ赤な鮮血だった。


「――これを」

困惑した様子の兵士が、雀熙に一本の櫛《くし》を渡した。

雪媛の見張り番だったこの男に、雪媛が密かに渡したという。立后式の時に彼女が髪に挿《さ》していた豪華な品だ。

「代わりに、礼部《れいぶ》の朱江良《しゅこうりょう》殿に手紙を渡してほしいと頼まれました」

雀熙はその手紙を受け取り、目を通した。

それを懐に仕舞うと、兵士に他言無用と言い含めて雪媛のもとへと向かう。

拷問の様子を見せて以来、雪媛の様子は目に見えて変わった。焦《あせ》りと苛立《いらだ》ち、そして苦《く》渋《じゅう》が滲んでいる。

これまでは権力をほしいままにしていたというのに、一瞬で地の底に落ち、周囲からは背を向けられたのだ。無力感に苛《さいな》まれているだろう。

雀熙は雪媛の前にいつも通り座ると、飴の入った籠を示し「食べますか？」とこれもいつも通り尋ねた。

反応はない。内にある燃え盛る何かを抑えるように、じっと拳を握っている。あの時あまりに強く握りしめすぎて爪が皮膚を傷つけた。雀煕は一応手当てをするよう部下に言いつけたが、雪媛はそれを頑《かたく》なに拒《こば》んだ。

ため息をついて、雀煕は先ほどの手紙をぽんと放った。

雪媛は眉を寄せてそれを見下ろすと、ぎりりと悔しそうに雀煕を見据えた。

「まだ状況がおわかりでないようだ。見張り番程度、簡単に買収できると思いましたか。目先の利益よりも、今のあなたに関わることのほうが皆恐ろしいのです。自分と、そして家族のためにはね」

手紙には、民衆を扇動《せんどう》して雪媛擁護《ようご》の世論を作り、身を潜《ひそ》めている重臣たちを動かすように、と指示が書かれていた。

「これは、江良のためにならない。……彼を巻き込まないでいただきたい」

雀煕は灯火に手紙を翳《かざ》し、炎にくべる。万が一これを誰かに見られれば、江良もただでは済まなくなる。雪媛と親しくしていたのは知っているが、今回の件に江良が関わった事実は現状では見当たらない。ならば、無関係のままでいてほしかった。

江良はいずれこの国を支える人物になると雀煕は確信していた。雀煕と違って着実に出世街道を進んでいる、有望な若者だ。その未来を奪いたくはない。

　雪媛はその日も何も語らなかった。

　しかし日が暮れる頃、雀熙が部屋を出ようとすると、掠れた声を上げた。

「……芳明は」

「はい？」

　扉にかけた手を引いて、雀熙は振り返った。

「……芳明は、どうなった」

　雪媛は俯《うつむ》いて、どこかぼんやりしているようだった。

「生きています。それが本人にとって幸いかは疑問ですが。拷問が続くほうが苦しいでしょう」

「…………」

　雪媛がそれ以上何も言わなかったので、雀熙は黙って杖をつき部屋を後にした。


　翌日、椅子に掛けた雪媛の表情が昨日と異なることに気づいた。

「食べますか？」

いつも通り飴を勧《すす》める。

すると雪媛は今初めてそれが目に入ったように籠の中を見つめて、やがて無言でひとつ、手に取った。

それを口に含むと、真正面から雀熙を見据える。

「――私が、やった」

唐突に雪媛が言ったので、雀熙は探るように彼女に尋ねた。

「……認めるのですか？」

「そうだ。賢妃の子を流れさせたのは、確かにこの私だ」

だが、と雪媛が続ける。

「芳明は、この件に何の関係もない」

「そうはまいりません。証拠は揃っています。実行犯はあの侍女――」

すると雪媛は低く笑った。

「高葉帝《こうようてい》が斃《たお》れた時、私が何をしたか知っているか？」

「……は？」

「国境近くに迫った高葉帝の命を奪うのに、私が毒でも使ったと？　刺客《しかく》に殺させた？」

「……それは」

「私は——祈っただけだ」

　ぎらりと雪媛の目が光を放った気がして、雀煕は何故か寒気を感じた。

「祈るだけで人の生死を左右できる私が、何故《なにゆえ》わざわざ紅花など用意し侍女を使って賢妃に飲ませる必要がある？　私は賢妃の子を——呪い殺したのだ」

　雀煕は少し気圧《けお》されたが、すぐに頭《かぶり》を振った。

「呪いなど、この世にありません」

「私の力を否定するのか」

「あなたが行う予言はすべて、偶然か——計算され、仕組まれたものでしょう。人事が及ぶ範囲で実行可能であるという可能性がすべて排除されない限り、信じることはできかねます」

「それはあなたの信条か、雀煕殿？　……だが、私はその功績で正式にこの国の皇后の位《くらい》に就《つ》いたのだ。そしてそれを認め命じたのは、他でもない瑞燕国《ずいえんこく》の皇帝本人。——雀煕殿は、皇帝陛下のご聖断を誤《あやま》りだと言うつもりか？　だから私の自白を受け入れないと？」

「…………」

「あなたが生まれた時、旅の占い師が言った。『この子は二十歳《はたち》を迎えられないだろう』」

「……何故そんな戯言《たわごと》をご存じで？」

「神女はなんでも知っている」

少し自嘲気味に雪媛は唇を曲げた。

(俺の村では知られた話だから、知りえないことではない……が、つまり俺を事前に調べていたのか？)

それはそれでおかしなことだ、と思った。彼がこうして雪媛と相対することなど、予想できたはずもない。

(江良から聞いた？　……いや、あいつにも話したことはないはず)

「あなたは今、生きている。この予言は確かに外れた。その占い師は未来を見通す目など持っていなかった。だが、私の予言や呪いが偽物《にせもの》と決めつける根拠にはならないだろう」

「だからといって、信じるに値《あたい》するということにもなりません。――あなたは罪を認めました。あなたが呪いだと言い張ろうとも、私は目に見える証拠に基《もと》づいた客観的結論を採用します。あなたの指示で侍女が紅花を食事に盛った」

「……あなたに二つ、予言を授けよう」

雪媛が言った。

「ひとつ。あなたは六十歳まで生きる」

「ほう、そいつはよかった」

「ふたつ。なかなか子どもが授からなかった奥方は、もうすぐ元気な男の子を産むだろう」

雀熙は面喰らった。

「言っておくが、私の予言は、当たる」

雪媛はにやりと笑う。

妻のことまで調べていたのか、と雀熙はその周到さに恐れを抱いた。

「随分と都合のよい予言ですね。藁《わら》にも縋《すが》りたい妻は、そのあたりの占い師からよく同じことを言われていましたよ。しかし実際、子は授からなかった」

「――雀熙殿」

雪媛は少し居住まいを正した。

「あなたはこの国に必要な人だ。どうか高みに上ってほしい」

「……買い被られているようです」

「残念ながら――あなたは私を裁くべきだ。その公正にして決然たる処断が実績となって、あなたの今後の道筋を作るのだから。故《ゆえ》に私は、あなたを恨むことはない」

その言いようは奇妙だった。

「私は罪を認める。そして私が認める罪はひとつだけ。賢妃の子は、私が呪い殺した――それが、真実だ」

雪媛はそれきり、また黙秘した。

執務室に戻る途中に江良が訪ねてきて、しばらく茶を飲んで話をした。雪媛が罪を認めたと聞くと、江良は驚き、ひどく沈んだ様子で出ていった。

（これで縁が切れるほうが、あいつのためだ）

すっかり日も暮れて家に帰ると、いつもすぐに出迎える妻が出てこなかった。

「帰ったぞ――おい？」

声をかけるが、返事がない。

おかしいと思って厨《くりや》を覗《のぞ》き込むと、そこでぼんやりとしている妻の姿を見つけた。

「どうした、具合でも悪いのか？」

妻はゆっくりと彼を見ると、信じられない、というような表情を浮かべた。

「あなた――」

ぱくぱくと口を開けたり閉じたりする。

「こ……」

「うん？」

「子、が……でき、ました……」

そう言って、怖々といった様子で腹部に両手を当てた。

「──お前、そりゃ……」

雀熙は目と口を大きく開いた。

「さっき、医者にも診《み》てもらったんです……間違いないって」

──奥方は、もうすぐ元気な男の子を産むだろう。

ぞっと鳥肌が立った。

(いや、偶然だ)

冷静に考え直し、雀熙は頭を振った。

(そうだ、きっとその医者から話を聞いてさも予言のように──、ってそんなわけがあるか)

人の出入りは徹底的に監視させているのだ。しかも、万が一誰かとうまく接触できたとして、あえて雀熙の妻の妊娠について情報を仕入れるはずもない。

(だから、ただの偶然だ)

生まれてくるのが男かどうかも今はまだわからない。もし男だったとしても、誰が考えようと男か女か二択の話だ。確率は二分の一。当たったらそれも偶然だ。

「私、絶対男の子を産みますから」

妻が涙ぐんで言った。雀熙は頭を掻く。

「……どっちでもいい。お前とその子が元気ならな」

「あなた――」

「ほら、もういいから座ってろ。体調はどうなんだ？　食欲はあるのか？」

雀煕はなんやかんやと甲斐甲斐しく妻の世話を焼き、そうしてようやく、自分が父親になるのだ、という喜びがじわりと湧き上がってくるのを感じた。

男でも女でも、どちらでもいい。

その言葉に嘘はなかった。

数日後、立后式以来身柄を拘束されていた柳雪媛が、皇帝の御子殺しの罪で裁かれた。

雀煕は罪状と量刑を読み上げた。

「――呪術を用いて皇帝の御子を殺害せしめた柳雪媛の罪は重大である。よって皇后の位を永久に剝奪《はくだつ》し、反州《たんしゅう》へ配流《はいる》。都へ入ることを、今後二帝の御代《みよ》の間禁ず」


「――男の子よ」

そう言われて生まれたばかりの我が子を抱いた時、彩虹《さいこう》は安堵《あんど》と喜びとともに恐れを感じた。

もちろん、無事に生まれてきてくれた歓喜は何より大きかった。あの薬を飲んで下腹部に激痛を感じた時には、もうだめだと思った。それが今、目の前で息をして、元気に泣いている。

(なんて小さいんだろう……)

腕の中の体温を感じ、生きていると実感する。

つい先ほどまで自分のお腹《なか》の中にいた存在が、こうして腕の中に収まっている不思議。自分もかつては母からこうして生まれてきたのだ、と思うと、幼い頃に別れたきりの母のことを想った。

貧農の家、たくさんの兄弟たち。親から構われた記憶はあまりない。唯一はっきりと覚えているのは、売られていく彼女をじっと見送る母の姿だけだ。食い扶持《ぶち》を減らすため、仕方なかっただろうと思う。それで家族が生き延びられるなら、こんな自分でも役に立てたのだ、とも。

それでも心の底では恨めしく思っていた。自分が産んだくせに——頼んでもいないのに勝手に産んで——どうして捨てたのか、と。

(あの時母さんは泣いてなかった……)

それでも、何も思わなかったはずはないと今ならわかる。こうして自分で産んだ子がもしも自分から引き離されてしまったら、身を切られるような想いがするだろう。

実際、彩虹が恐れたのはそれだった。

いつかこの子を奪われてしまうかもしれない。失ってしまうかもしれない。

「元気な子ね」

赤子を取り上げてくれた娘が言った。

「目があなたに似ている」

言われて、我が子を見下ろした。

猿のようにくしゃくしゃの顔は、まだ人としての形になりきれていないように思われた。だから自分に似ているかどうかよくわからない。男の子だから、父親に似てくるのかもしれない。

それでもあえて、自分に似ていると彼女は言ってくれたのだ。

彩虹はお産で疲れた顔に僅かに笑みを浮かべた。

「……そうね」

「大丈夫、あの男にあなたたちのことは絶対にばれない。あなたはもう死んだのよ、彩虹。子どもも生まれなかった。いない者は、探しようもないわ」

「ええ……」

(あなたの父親は、私たちを殺そうとしたのよ。だから会えないの)

幼い赤子を見つめながら、彩虹は心の中でそう呟いた。絶対に言うつもりはない。父親は病《やまい》で死んだとでも言い聞かせるしかない。

それでもいつか、この子が父親にそっくりになって、万が一そのことが誰かに知れて——あの男が気づいてやってきたら。

(嫌よ)

赤子をぎゅっと強く抱いた。

(誰にも奪わせない——私の子を)

同時に負い目もある。生まれてきた瞬間から父親のいない子にしてしまった。父が欲しいと恋しがったらどうしようか。

不安だった。自分ひとりで、この子を守っていけるだろうか。父親がいない中で誰にも奪われないように、そして何より、幸せにしてあげられるだろうか。

「この子は私を恨むかしら……」

頼んでもいないのに、彩虹が勝手に産んだことに。こんな人生なら生まれてこないほうがよかった、と思わないだろうか。

「——私が半分になってもいい？」

娘が言った。

「この子はあなたの子よ。でもあなたがこの子にとっての母親と父親、一人で両方になる必要なんてない。――私がその半分になる」

彩虹は彼女の顔を見返した。

「母親半分、父親半分、私にも分け合わせてくれる？」

こうして安全にお産ができるよう匿《かくま》ってくれただけでも、彼女には恩を感じていた。そもそもあの薬を――妊婦によいと言って恋人が渡してくれた堕胎薬を飲んだ彩虹を、すぐに吐かせ看病してくれたのも彼女だ。赤子にとっても自分にとっても、命の恩人。

自分がそこまでしてもらえる人間であると彩虹には思えなかった。彩虹はただ、彼女に舞を教えただけだ。都一の舞姫として名を馳《は》せた自分に、舞を教えてほしいと懇願《こんがん》してきた少女。

彼女はめきめきと上達した。今では彩虹と遜色《そんしょく》ない、そして彼女独自の色を加えた舞の名手だ。

「どうして……」

「――あなたによく似た女の子を、私は救えなかった」

彼女はどこか遠くを見つめるような目で呟いた。

「私は──彼女や、あなたや、この子が──幸せになる世界を作りたい」

ほっそりと美しい白い指が、赤ん坊の赤い頬を優しく撫でる。

「何が皆にとって幸せなのか、私にはまだわからない。──ただ」

彼女は愛《いと》おしそうに赤ん坊を見つめながら、微笑んだ。その目には輝く涙が浮かんでいる。

「この子が生まれたことが、私は嬉しい。とても。今私は──幸せよ。ありがとう、彩虹」

彩虹は彼女の表情が、今まで見たこともないほどの優しさに包まれていることに気づいた。彼女はいつもどこか気を張っていて、殺伐《さつばつ》としていると思った。何かに追われている、そんな雰囲気だった。それが今、まるで聖母のような笑みを浮かべている。

(──半分)

その言葉に、どこか肩の力が抜けた気がした。

一人ではないのだ。

ずっと一人だった──家族もなく、女たちは皆競争相手で、男たちは通り過ぎていくだけのもので、焦《こ》がれた男は今では見知らぬ化け物になってしまった。

でも今は、違うのだ。

「……名前を」

彩虹は言った。

「この子に名前をつけてくれる？」

男だったら、女だったら、といろいろ考えてはいたが、生まれて顔を見てから決めようと思っていた。しかしいざその子を目の前にすると、これというものが浮かばない。

驚いた顔になった娘は、少し考えて、そして口を開いた。

「では――天祐《てんゆう》、と」

彩虹は息子の顔を見た。

その名の意味は――天からの助け、救い、恵み。

「この子は、私を救ってくれたわ」

娘は言った。

「この子に天からの恵みがあるように――そしてその恵みを、この子も皆に分けて人を助ける人になるように」

「天祐……」

息子を抱く腕に力を籠《こ》める。

「……天祐」

そう呟くと、もうこの子の名はそれ以外には考えられなかった。

「実を言うと、あなたの名前をずっと考えていたの」

「私の？」

「彩虹は死んだのだもの。新しい名が必要よ、天祐と生きていくための。——あなたは生まれ変わるのだから」

「生まれ変わる……」

娘は懐から小さな紙を取り出した。折りたたんだそれを広げ、彩虹に見せた。

その紙には流れるような美しい字で、こう書かれていた。

——芳明
「その明るさは芳《かんば》しく、多くの人の心を摑む。芳は賢者、あるいは優れた人物の意も持つ。あなたに相応《ふさわ》しい名だと思う。——どうかしら、芳明？」

そうしてその娘——柳雪媛は、天祐の母であり、父であり、そして芳明にとっての母となった。

（雪媛様——）

芳明は獄舎の中で、動かない体を力なく放り出したまま横たわっていた。

天祐を産んだ日の光景を思い出すのは、もうすぐ死ぬからだろうか。

（ごめん、天祐……）

重い瞼《まぶた》を閉じ、最後に見た我が子の姿を思い浮かべた。大きくなって育っていく姿をずっと見ていたかった。もっと頭を撫でてあげたかった。大きくなっていく彼のために、衣をたくさん縫ってやりたかった。いずれ低く男らしくなる声が聞きたかった。いつか嫁をもらったら、天祐の好きなものを全部教えてあげたかった。

（でも――もうできない）

それでも雪媛がいる。雪媛は天祐を必ず守ってくれるはずだ。

獄吏《ごくり》がやってきて、牢の戸を開けた。また今日も拷問が行われるのだろう。芳明は引き摺《ず》られて外へと出た。

しかし今日は、いつもと違う場所へ連れていかれるようだった。門が開き、背中を押されて芳明はよろめいた。その場に倒れ込むと、獄吏が背後で言った。

「柳皇后が罪を認めた。お前は釈放だ」

（――え？）

体中が痛む中、力なく振り返る。音を立てて門が閉まり、もうそこには誰もいなかった。

その場に座り込んだまま、芳明は呆然とした。

（罪を認めた？　――雪媛様が？）

そんなはずがなかった。

雪媛は何もしていない。芳明が持っていた紅花は、処分するはずだったものだ。折悪《おりあ》しく、その直前に捕らわれてしまった。

珠麗《しゅれい》の証言によって。

(――どうして、珠麗様はあんな嘘を)

珠麗が、芳明が永楽殿へ忍び込んでいるのを見たと証言したと聞かされ、耳を疑った。しかも珠麗に薬を差し入れた際のあの巾着を、あろうことか現場で拾ったと話したという。

(仕組まれていたの？　具合が悪いというのも嘘だった？　でもどうして彼女がそんなことを……)

雪媛を陥《おとしい》れる陰謀に違いなかった。芳明は利用されたのだ。

散々痛めつけられた体は、もう立ち上がることもできなかった。芳明はその場で力なく座り込んだまま、己《おのれ》の非力さに打ちひしがれる。

雪媛が罪を認めたという。そうして自分が今こうして放免された。

(雪媛様――どうして)

視界が霞《かす》む。

幾日も続いた拷問、獄中で出された粗末な食事も喉《のど》を通らず僅かな水しか口にしていない。ぼんやりとした意識の中、それでも雪媛のもとへ行かねばならない、と思った。這《は》うようにして体を動かそうとする。

しかしすぐに力尽き、崩れ落ちてしまう。

（雪媛様――）

ふと、すぐ傍《そば》に人の気配があることに気がついた。

「――運べ」

遠くで誰かが指示する声がする。手が伸びてきて、体が持ち上げられるのを感じた。

（誰――？）

途切れそうな意識の中、芳明は声の主《ぬし》を探って視線をさ迷わせた。

霞んだ目は、男の茫洋《ぼうよう》とした輪郭《りんかく》を捉《とら》えただけだった。


「くっそ、どこに行ったあの馬鹿ー！」

潼雲《どううん》は拳を握りながら叫んだ。

目下彼が属する瑞燕国軍は、隣国である高葉国の都に向けて進軍している最中である。

すでに国境を越えているが、高葉国内は内紛で混乱しているせいか大軍に迎撃されることもなく、いくつかの主要な城を奪取することに成功し、瑞燕国軍は順調に攻め上っていった。

が、青嘉《せいか》の姿がどこにもない。

昼間、軍議へ行くと言って陣を離れたまま、日が暮れても戻ってこないのである。

総大将である洪《こう》将軍のもとへ行って確認すると、随分前に軍議は終わり青嘉も戻っていったはずだという。

「また行方《ゆくえ》不明か、王《おう》家の当主は」

頭を抱える潼雲に、皮肉気に声をかける者があった。

洪将軍の息子である洪光庭《こうてい》だ。青嘉や潼雲のひとつ年上で、特に青嘉とは家柄も立場もよく似た人物であり昔からの顔馴染《かおなじ》みらしい。父である洪将軍とともにいくつもの戦《いくさ》に従軍し、その武功は同年代の中でも飛び抜けていた。

つまり、潼雲が嫌いな類《たぐい》の男である。

生まれの良さによって特権を得、恵まれた環境によって得た力が己の力と思っている。それで実績を作っているのが、また気に食わない。

それでも今現在、潼雲との立場の差は歴然としているので、表向きは恭《うやうや》しく拱手《きょうしゅ》した。

「これは、洪殿」

「逃げたのではないか？　何しろ手勢といったら僅かな兵と、主人を平気で裏切る平民と、人の言葉もまともに喋《しゃべ》れない山猿だものな」

その言葉に、潼雲は眉をぴくりと動かした。

確かに青嘉に任せられた兵は少なかった。その数、百。一軍とはとてもではないが言えない。若いとはいえ武家の名門である王家の当主であり、すでに戦場での功績もある青嘉に対してこれは違和感のある配置だった。しかも、青嘉はどの戦いにおいても必ず先鋒《せんぽう》を命じられた。

どうやらそれは、皇帝の命によるものであるらしかった。

皇帝が時折、青嘉に対して敵愾心《てきがいしん》のようなものを見せることには薄々気づいていた。どうやらこれは相当に嫌われているらしい。できれば戦場で死んでほしい、という気持ちが透けて見えた。

そして光庭の言った『主人を平気で裏切る平民』とは自分のことであり、『人の言葉もまともに喋れない山猿』とは瑯《ろう》のことだろう。

潼雲と瑯は青嘉の副長という立場だったが、いずれも兵を指揮した経験などない。都を進発した当初から、この光庭は何かというと青嘉に絡《から》み、そして潼雲たちを見下す発言を繰り返していた。

（相手を貶《おとし》めなきゃ自分を上げられない男なんぞ、ろくなもんじゃない）

撞雲はにっこりと笑った。

「逃げたのであればむしろ都合がいい。代わりに副長である私が兵を率いて名を上げる機会でございますなぁ。何しろ私は主を平気で裏切る平民でございますので！」

「庶民の考えそうなことだな。浅ましい。武人であれば仕《つか》える主に尽くすのが当然。裏切るなど、俺には到底できぬことだ」

撞雲はあくまで笑みを浮かべ続けた。

「お前は打毬《だきゅう》が得意と聞くが、柳皇后様に負けたそうだな？　女に負けるとは……情けないにもほどがある。俺ならば恥じ入って人前に出ることすら嫌になりそうだが、程度の低い者は面《つら》の皮も厚いのだな」

（……うるさいんだよこのお坊ちゃんが！　黙って働け！　そのうちお前の弱みを全部探り出して絶対に引きずり下ろしてやるからな！）

どうせ痛い腹の一つや二つあるに決まっている。それをもとに脅して、二度とこんな態度を取れないようにしてやる、と心に決めた。

（くっそ～青嘉め……お前がいなくなるから代わりに俺が絡まれる羽目に……）

どうせまた道に迷っているに違いない。

都を出て以来、これで三度目の迷子だった。

「青嘉のやつも難儀だな。こんな輩《やから》を率いて戦わねばならぬとは……同情はするがしかし、此度の戦ではまだ何の功も立てていないようだ。長いこと仙騎軍《せんきぐん》でぬるま湯に浸《つ》かっていたせいですっかり腕が鈍《なま》っているのだろう。ああ……もしや後宮の女たちが恋しくなって帰ったのか？」

光庭の取り巻きたちが後ろで笑っている。

「……そうかもしれませんね。何しろ後宮にいた頃、青嘉は私の次に女たちから人気がありましたからねぇ。私の次にね、あくまで私の次！」

潼雲は胸を反《そ》らして言い放つ。

「先日まで我々は世にも稀《まれ》な美姫たちに囲まれて生活しておりましたから、男ばかりの戦場はむさ苦しいと感じても仕方がないでしょう。――では私はこれで失礼します。我が大将の代わりにやらねばならないことが多々あります故《ゆえ》、忙しくて」

その場を去ろうと光庭に背を向けた瞬間、かちりと剣を抜く音がした。反射的に飛び退《の》くと、潼雲の立っていた場所を剣がぶんと横切る。

光庭は自分の一撃が避けられたことに驚いたようだった。

「……さすが光庭殿！　素晴らしい腕前です」

潼雲はあえて笑みを浮かべて大仰《おおぎょう》に褒《ほ》めた。

「しかし、戦場で味方に剣を向けるとは解《げ》せませんね」

「なに、軍紀を正さねばと思ってな。――脱げ」

「…………は？」

「父上は略奪行為を禁止しているが、一部で禁を破っている者がいると噂になっている。そのように浅ましい行いをするのはお前のような平民と決まっているからな。おい、脱がせろ。懐にでも盗品を隠し持っているに違いない」

何も出てこずとも、素っ裸にして恥を晒《さら》してやろうという魂胆が見え見えだ。二人の兵士が潼雲を取り押さえて膝《ひざ》をつかせる。

潼雲は光庭を見上げ、あえて笑みを浮かべた。

「……青嘉がそんなに気になるのですか？」

「なんだと？」

「青嘉が活躍すれば、自分が霞んでしまうのではないかと不安ですか？」

光庭は手にした剣の切っ先を潼雲の喉元に突きつけた。

「おい平民」

「私のような下っ端《ぱ》にここまで絡むとは。もっとご自分に自信を持つべきですよ。光庭殿は才能も家柄もおありなのですから」

立場はまったく違えど、彼の気持ちが潼雲にはわかる気がした。むしろよく似た立場である光庭のほうが、青嘉の存在をより疎《うと》ましく感じるのかもしれない。

「調子に乗るなよ、お前ごときが……」

光庭が剣を振り上げる。しかし突然、黒い影がよぎって彼にぶつかった。

「……⁉　がぁっ……！」

烏《からす》だった。黒い烏ががつがつと彼の頭をつついている。

「こいつ！」

手を振り回して追い払おうとするが、烏は一向に怯《ひる》む気配がなかった。別の兵士が剣を烏に向けて振ったが、器用に飛び回って刃《やいば》からすいと逃れる。

潼雲を押さえつけていた力がふっと消えて、引っ張り上げられる。

「瑯！」

潼雲の首根っこを無造作に摑んで立たせた瑯は、これまた無造作に手を離した。

「小舜《しょうしゅん》、もうえいちや」

すると烏は飛び回るのをやめ、ばさばさと羽ばたいて瑯の肩に降り立った。

「おいお前！　光庭様になんということを！」

「――どうかしたか、光庭」

卿の後ろから青嘉が現れて、光庭の取り巻きたちはぎくりとした。

一体どこをどう迷っていたのか、青嘉は体中泥だらけで、さらに頭はぼさぼさで枝葉が絡みつき鳥の巣のようになっている。その様子に潼雲は呆《あき》れた。

「……青嘉」

光庭が苦々しげに睨《にら》みつけた。

「どこで遊んでいたんだ？　その髪型、後宮の最近の流行か？」

今の自分の姿がよくわかっていないらしい青嘉は言われて頭に手を伸ばし、絡みついていた枝を引き抜いた。それを不思議そうにまじまじと眺め、

「――いや？　違うと思う」

と真顔で否定する。潼雲が詰め寄った。

「青嘉、お前いい加減にしろよ！　一人で動くな、陣から離れるな！　お前が行方不明になる度に迷惑なんだよ、この方向音痴野郎！」

「俺は方向音痴じゃない」

「じゃあその恰好《かっこう》はなんだ！」

「……このあたりの地形を把握しに行っていただけだ」

光庭が笑い声を上げた。

「まったく、王家の先代もこれでは浮かばれないな」

「光庭。揉《も》めていたようだが、潼雲が何か？」

「軍紀違反の疑いで身体検査の途中だ。略奪を行っている可能性がある」

「……私は……！」

潼雲が否定の声を上げようとする。

「潼雲はそんなことはしない」

青嘉が当然のことのように言ったので、潼雲ははっとした。

「行くぞ、潼雲、瑯」

青嘉はその場から去ろうとするが、ほとんど相手にされなかった光庭は苛々《いらいら》した様子で言った。

「その男、もとは独賢妃の使用人だったそうじゃないか。情勢を見て有利なほうにつく……蝙蝠《こうもり》のようなやつだ。そんな輩しか配下に持てないとは、運がないな」

すると青嘉は振り返った。

「潼雲はいつか、俺より立派な将軍になるさ」

「――は？」

光庭はぽかんとしている。

青嘉はさっさと歩いていってしまったので、潼雲と瑯もその後を追った。

「おい、青嘉！」

「何だ」

「うちの陣はそっちじゃないぞ」

「………」

青嘉は足を止めた。

「わかっている」

「嘘つけ！　……ていうか、なんださっきのは！　将軍⁉　俺が⁉」

「お前なら、なるだろう」

「……！　な、なんだ、お前、どういうつもりで……」

「そう思うだけだ」

潼雲は口ごもり、不可解に思いながらも顔が紅潮してしまっている気がして慌てた。

「……お、お前、その恰好なんとかしろ。そんなだから舐《な》められるんだ」

「ああ。だが戦場だし、この程度は……」

「お前は一応俺の上官なんだからな！　お前が舐められたら俺も舐められるんだよ！　おらっ、向こうの川で泥落としてこい！」

「川……」

きょろきょろする青嘉に潼雲は頭を抱え、「こっちだ！」と背中を両手で押す。

「瑯は配給の確認してこい！　舐められるなよ、この間はうちだけ食糧少なくされたからな！」

「わかった」

瑯を見送り細い小川の畔《ほとり》にやってくると、青嘉は言われるがままに鎧《よろい》を脱ぎ泥を濯《すす》ぎ始めた。

「いいか。お前が軍議に出かける時は、今後は必ず俺もついていくからな。勝手に一人で陣を離れるなよ」

「……子どもじゃないぞ俺は」

「子ども以下のくせに口答えするな！」

青嘉は納得がいかない様子のまま、衣も脱いでじゃぶじゃぶと洗う。

その時、潼雲はふと気づいた。

（あれ、こいつ……もう持ってないんだな）

いつも青嘉が懐に忍ばせているものがあることに、潼雲は気がついていた。護衛の任についている間、着替えの際に時折目にしたことがある。それが何であるかは訊《き》いたことはない。ただ、常に持ち歩くということは大事なものなのだろう、とは思っていた。

一度、青嘉がうっかりとその包みを落としたのを見たことがあった。包みから僅かに覗いたその中身は、翡翠《ひすい》の簪《かんざし》だった。

珠麗への贈り物だろうかと思ったが一向に渡す気配はないようだったし、母親の形見か何かかと思っていたのだが。

一方で、そんなふうについつい青嘉の動向を注視してしまう自分に、忸怩《じくじ》たるものも感じていた。

（あいつもそうなんだろうな……）

何かと青嘉に突っかかる光庭の複雑であろう心境を想像すると、潼雲はいささか同情の念を覚えるのだった。

三章

こんなにも覚束《おぼつか》ない感覚は、何年振りだろうか。

味方は誰もいない。あるのはこの身ひとつ。

最初に皇宮《こうぐう》へ来た時もそうだった。

心細く、恐ろしかった。

あの頃、先帝にはほかに寵姫《ちょうき》がいたし、敗者からの供物《くもつ》でしかない雪媛《せつえん》の存在など目に留まることもなかった。皇帝の寵愛なくして後宮《こうきゅう》で身を立てる道はない。他の妃《きさき》たちからの嫌がらせも飽きるほど受けた。

それでも、孤独を覚えたのは後宮という世界に対してではなかった。この世界が――玉《ぎょく》瑛《えい》ではない、雪媛としてのこの過去の世界が彼女を孤独にしたのだ。

やがて雪媛は、死に物ぐるいで力をつけた。彼女が唇を動かせば人が動き、皇帝が動き、国が動くようになった。

（力――）

両手をじっと見下ろす。

掌《てのひら》は、空《くう》を切るだけだ。

確かに、芙蓉《ふよう》の子を殺そうと考えた。そのために尚宇《しょうう》が用意した紅花《べにばな》だった。

だが雪媛はその陰謀を捨てた。そして処分するようにと紅花を芳明《ほうめい》に渡した。それなのに。

芳明が永楽殿《えいらくでん》で目撃されるはずがない。芙蓉か独護堅《どくごけん》が、子飼いの者に虚偽の証言をさせているに違いなかった。

（薛雀熙《せつじゃくき》――あの男は決して揺るがないだろう。芳明と私を必ず断罪する。そういう人物であるはずだ）

薛雀熙は歴史上名宰相《めいさいしょう》として名高く、やがては敬意を表して『大雀《たいじゃく》』と呼ばれるはずの人物だった。杖《つえ》をつく小柄な男であったことから、その偉業に対比しての皮肉を込め『大』がつけられたとも言う。玉瑛の生きた時代にはすでに故人であったが、瑞燕国《ずいえんこく》が強国となれたのは武の王青嘉《おうせいか》と文の薛雀熙、この二人の功績が大きいと言われる。雀熙の死後は、その息子が要職を歴任していたはずだ。

薛雀熙は恐れ知らずで常に皇帝にも真っ向から意見し、法に忠実な人物であったという。

諫言《かんげん》が余りに手厳しいので、何度か皇帝によって左遷《させん》させられたという記録もあったが、結局は彼の力が必要になり呼び戻されることを繰り返している。生まれた時に占い師から『二十《はたち》歳まで生きられない』と予言されたが、実際に死んだのは六十歳過ぎだった、という逸話《いつわ》が、予言すらも打ち破ってしまう人物だったという尊敬の念を込めた笑い話として語られる。

いずれ雪媛の朝廷を開く時、必ず必要になるはずの人材だった。雪媛として生き始めてから薛雀熙の名を表舞台で聞くことはなく、一体どこで頭角を現すのかと思っていたのだ。

(それが、こういう形で現れるのか……)

雪媛の罪を暴き断罪する者として。

独護堅は死罪を求めるだろう。雪媛に味方していた者たちが風向きの変化を見て口を閉ざしているというなら尚更だ。そして法に忠実な雀熙は、それらの声に関係なく死罪が妥《だ》当《とう》と判断するかもしれない。

(失うのか、すべて――)

蜘蛛《くも》が糸を張り巡らせるように、少しずつ少しずつ、それでも着実に積み上げてきたものが、一瞬で崩れ去ってしまう。

玉瑛の知る柳《りゅう》雪媛は、謀反《むほん》を企《くわだ》て討たれた。そうして尹《いん》族は永遠の迫害を受けることになった。その歴史を変えるはずだったのに、まるで運命の筋書きに引き戻されているようだった。このまま雪媛が処刑されれば、恐らく尹族の末路は──玉瑛の末路は、同じだ。

（どう足掻《あが》いても歴史は変わらないのか？　変えられないのか？　全部──無駄だったのか）

それならば何故《なぜ》、自分はここにいるのだろうか。この時代に目覚めたことに、意味はなかったのか。

（だめだ、だめだ！　そんなのは絶対に──絶対に『玉瑛』が許さない）

無意識に頭を掻きむしる。

これまでどれほど犠牲を払ってきただろう。それは自分自身の犠牲でもあり、そして、他者の犠牲でもあった。

正道ではなかった。だが重要なのは正しさではない。何を生むかだ。

雪媛は思考を巡らせた。

どうしたらこの窮地《きゅうち》を脱することができるのか。外部に連絡することはできない。青嘉たちは戦場に出ていて当分戻る見込みはない。琴洛殿《きんらくでん》も柳家も押さえられている。

芙蓉を流産させた真犯人を捕らえることができれば、雪媛の無実が証明されるだろう。だがそれは何より難しいことだ。後宮で起きる出来事は、霧《きり》の中で起きることと同じなのだ。雪媛自身もそれを知っているからこそ、これまでその状況を利用してきた。後宮で起きたことならば、真実は明るみに出ないのだ。

もう一度、両手を見下ろす。

豪奢《ごうしゃ》な衣《ころも》を剝《は》げば、そこにいるのは片田舎《かたいなか》の奴婢《ぬひ》でしかなかった小娘だった。

（私は……皇帝にならなければ……）

未来を変えたかった。

そのための手段はそれしかないと思った。誰にも支配されない、誰の所有物にもならない――絶対的な権力を手に入れる。

（私は、ただ……）

目の前で殺されていく両親と同胞たち。青嘉に殺された玉瑛。生まれ変わって得た初めての友人、仲間、家族、それから――。

（皆を――守る力が欲しかっただけだ）

この小さな手に余るものを、欲《ほっ》し過ぎたのだろうか。

切り裂くような芳明《ほうめい》の悲鳴が脳裏に蘇《よみがえ》ってくる。

――……皇后《こうごう》様は、関係ありません……。

孤独でなくなったのは、力を得たからではなかった。

いつも、傍《そば》にいてくれる者がいたからだ。

——あれでは、証言を引き出す前に死んでしまうでしょう。

拳を額《ひたい》に擦《す》りつけるようにして、雪媛は呻《うめ》いた。

(あの時、私が紅花を渡さなければ)

生まれたばかりの天祐《てんゆう》を抱いた時のことを思い出す。

小さく壊れてしまいそうな、温かく柔らかな赤ん坊。この子は未来なのだ、と思った。

本当なら生まれてこなかったはずの子。それは、雪媛が変えた未来そのもの。

一方で、もう一人の赤ん坊を抱いた時のことも思い出した。その赤ん坊は未来ではなく、
雪媛にとって——玉瑛にとって、過去だった。

生きるはずの子を殺して、死ぬはずだった子を生かした。これはその報《むく》いだろうか。

(……それでも目の前の命ひとつなら、この手でも未来を変えられた)

わが身ひとつでも、変えられる未来。

いつの間にか、目の前に玉瑛が立っていた。

胸から血を流し、青白い顔でこちらを見つめている。

「玉瑛……」

この幻影を見るようになってどれくらい経《た》つだろう。鏡の向こうで、水の面《おもて》で、玉瑛は

いつも、雪媛に恨めしそうな目を向ける。

――玉瑛は雪媛を嫌っておるな。

――当然です。あの女のせいで尹族は、奴婢の中でも最低の扱いを受けてる。

『先生』との会話が思い起こされた。

(ああ――だから玉瑛は、柳雪媛をあんなに憎んでいたんだ)

薛雀煕を前にして、雪媛は口を開いた。

「――私が、やった」

結局、玉瑛のことを救わないから。


雪媛が流されることになった反州《たんしゅう》は、大半が山に覆《おお》われ耕作地の少ない土地だった。主《おも》な産業は林業である。護送される馬車の中から、時折丸太を荷車に乗せて運ぶ人々の姿が見えた。

雪媛の身柄を預かるのは名目上は州の長官である反州刺史《しし》であり、一旦は州城へと連れていかれたが、彼は雪媛を一瞥《いちべつ》しただけでそこからさらに移送を命じた。

厄介なものが来てしまった、という顔だった。罪人とはいえ元皇后であり、神女と呼ばれた女、しかも人を呪い殺すことのできる女なのだ。できうる限り近づきたくはないのだろう。

雪媛に用意されたのは、山中の谷間《たにあい》に建つ粗末で古い小屋だった。土間と続き部屋がひとつあるだけで、皇后という、女として最高の地位に就《つ》き、つい先日まで後宮で贅《ぜい》を凝《こ》らした宮殿に住んでいた人物に与えられるには、あまりにみすぼらしい住居だった。

谷の入り口には見張りの兵士が置かれ、世話役として麓《ふもと》の里から娘が一人、通いでやってくる。世話役といっても侍女《じじょ》のように身の回りのことをすべて任せられるわけではなく、最低限の食事の用意や物資の供給、そして雪媛の監視が主な役目だった。

小屋は高い崖と川に挟まれていた。川の向こうは鬱蒼《うっそう》とした木々が生い茂る急斜面。麓へ下りるには川沿いの整備されていない一本道を行くしかなく、見張りの兵の目を掻《か》い潜《くぐ》ることはできない。夜陰に紛《まぎ》れて斜面を登って逃げることはできるかもしれないが、その先がどうなっているかはわからないし、うまく麓へ下りたとしてもそこに住む里の者たちもまた彼女の看守であった。彼らには、この罪人を逃がせば里の者全員に罰を与えるという触れが出ている。

どちらにしろ逃げ出すつもりなど、雪媛にはなかった。

碧成《へきせい》が回復し、流刑《るけい》を撤回させる――それしか、皇宮へ戻る道はない。

そう考えた途端、雪媛は吐き気を覚えた。

つまり結局自分は、いまだに誰かの所有物でしかないのだ。

どれほど力を蓄えたつもりでも、どれほど人脈を築いたつもりでも、どれほど神秘の力で崇《あが》められても――それはすべて、『皇帝の寵姫』であることが前提だったのだ。皇帝の意を操り、そしていつかはその子を産み、皇帝の母になりうるかもしれない存在だから。

（結局私は、何も得てはいなかったのだ）

できたことは、ただ一つ。

（芳明――天祐のもとへ戻れただろうか）

少なくともあの母子《おやこ》の未来だけは、変えることができたはずだ。

長い間使われていなかったらしい小屋は最低限補修され整えられていた。玉瑛でいた頃よりは数倍ましな環境だ、と雪媛は思った。

夜になると一人、軋《きし》む寝台に横たわった。

眠ることができなかった。春の終わり、夜の山の空気は寒々しい。薄い布団に身が堪《こた》えた。体はすっかり贅沢に慣れているのだな、と自分に対し冷笑した。

目を瞑《つぶ》れば、浅い眠りの中で何度も悪夢を見た。

それは菊花茶《きっかちゃ》を盆に載《の》せて奥の部屋へ向かう玉瑛だったり、その父と母の断末魔だったりした。あるいは、芳明が拷問を受けてそのまま息絶えてしまうのだ。天祐が泣いて、雪媛のせいだと責め立てる。

もしくは、殺した赤ん坊の泣き声がどこまでもついてくる夢。芙蓉が首を絞めに来る夢。これまで雪媛の謀略で命を落とした者たちが、足にしがみついて奈落の底まで離さない夢。

そして、玉瑛が老将軍に殺される夢も、何度も見た。

悲鳴を上げて目を覚ます度《たび》、思わず胸元をまさぐって傷がないか確かめた。

闇の中で、戸の向こうに目を向ける。

青嘉がそこに、控えていてはくれないだろうか、と。


「あの……召し上がらないんですか?」

世話係の娘が、用意された膳に手をつけない雪媛に恐る恐る言った。雪媛は何も言わず、下げてくれ、と手ぶりで示す。

眠れない日々が続き、食欲は日に日に失せていった。

皇宮に戻り復権するには——そればかりが頭の中を駆け巡る。江良《こうりょう》はきっと雪媛を救うための方策を考えてくれている。尚宇も解放されたはずだ、何か動いているに違いない。飛蓮《ひれん》はまだ身分を回復したばかりで力は持たないが、過去の司《し》家の人脈を取り戻せれば大きな武器になるはずだ。

考えながら、彼らももう雪媛を見限っているのかもしれない、という思いがよぎった。

碧成はまだ、回復しないのだろうか。

だが、碧成に呼び戻されることには強い拒否感が募《つの》った。そうして戻って、何になるのか。また同じことの繰り返しだ。雪媛は本当の意味での力を手にすることはできない。

すると娘がおずおずと包みを取り出して開いてみせた。

白い蓮蓉包《れんようほう》がひとつ顔を出した。

「その、これ私が作ったんです。よかったら――」

「お口に合うかはわかりませんが、甘いものでしたら少しは食べられるかもと……」

雪媛はじっと、蓮蓉包を見つめた。

（貴妃《きひ》になる前――皆で作ったな）

ふと思い出した。

確かあれは先帝が亡くなり、母の家に身を寄せていた頃。

刺客《しかく》に襲われたが青嘉がやってきて事なきを得、碧成からの勅令《ちょくれい》を待っていた束《つか》の間の日々だった――。

「菓子作り、ですか」

厨《くりや》に来るよう言いつけると、青嘉は戸惑った表情を浮かべた。

「お前の出番だ、青嘉。これを捏《こ》ねろ」

青嘉に大きな鉢《はち》を押しつけると、その間に雪媛は母の秋海《しゅうかい》と包子《パオヅ》の生地作りを始めた。秋海の侍女である丹子《たんし》は、蒸し器の用意をしながら火加減を見ている。

「何故《なにゆえ》私が……」

困惑して突っ立っている青嘉に、秋海は笑った。

「皆で作ると楽しいでしょう？」

「お母様がご所望《しょもう》だ。きりきりやれ」

「このように両手が塞《ふさ》がっては、万一の時に剣を取れません」

「なら、襲われる前にさっさとやれ」

青嘉は納得いかない様子だったが、小難しい顔をしながらがしがしと餡《あん》を捏ね始めた。

「あら、殿方がやるとやっぱり力強いわねぇ。昔、旦那様もよくこうして横で餡を捏ねてくれたものよ」

「先代の柳家のご当主がですか？」

そもそも男が厨に入るということ自体、普通はない。尹族の王族であった雪媛の父が餡を捏ねていたというなら、随分と珍しいことだ。

「そうよ。あの人と雪媛と三人で、それぞれ包子を好きな大きさや形にしてね。雪媛ったら、こーんな大きなものを作って」

そう言って秋海は両手で大きな円を描いて笑った。

「そんな大きいの、蒸し器に入らないわよって言っても、納得しなくてねぇ」

それは本物の柳雪媛の話だった。

中身は玉瑛である今の雪媛にとっては、見知らぬ少女の思い出だ。だがそうして聞いていると、希代《きたい》の悪女と呼ばれた柳雪媛も普通の少女だったのだ、と思う。

「あら、そうだった？　今日はちゃんと、蒸し器に入るものを作るわ」

「お願いね。――青嘉殿、もうそのへんでいいわ。一緒に包んでくれる？」

「はい」

餡を取って生地に入れて包んでやる。雪媛は通常の丸型をひとつ作ると、そこにさらに長細い生地を二つ付け足した。

「お母様、見て。長い耳をつけたら兎《うさぎ》よ」

「あら可愛い」

「丸い耳をつければ熊ね。尖《とが》らせれば猫。顔も描きましょう」

「いいわねぇ、なんだかもっと美味《おい》しそうに見えるわねぇ」

「口に入れれば同じでは……？」

盛り上がっていた母娘《おやこ》は、青嘉の言葉に呆《あき》れたように冷たい視線を送った。青嘉の手元を見れば、普通に丸く包んでいるつもりのようだったが、形はいびつで大きさはバラバラ、たまに餡がはみ出している。

「そんな不味《まず》そうなものを作っているお前には何も言う資格はない」

「見た目は大事ですよ、青嘉殿」

「？　不味いはずはありません。味は同じです。同じ材料で作っているんですから――」

「お前、それは全部自分で食べるんだぞ。こっちのはやらぬからな」

すると青嘉は少し思案する顔になり、なにやら黙々と新しく包み始めた。そうして真剣な顔でふうと大きな息をつき汗を拭《ぬぐ》うと、「これでどうでしょう」と二人に示した。

「……なんだこの珍妙な物体は？」

「星……かしら」

「馬です」

「………」

秋海は探るようにじいっとその形を見つめ、「……ええと、ここが耳かしら？」と尋《たず》ねた。

「それは尾です」

「まさかの全体像」

「疾走する様を表現してみたのですが」

大真面目《おおまじめ》な青嘉に、丹子がついに耐え切れないというように噴き出した。秋海もけらけらと笑い、雪媛は呆れ果ててそれをさっさと蒸し器に突っ込んだ。

「出来上がりを考えろ、膨《ふく》らむんだぞ。そこまで精巧な形になるわけないだろう。まったくお前は……琴《こと》以外はてんで芸術的才能がないな」

「あら、青嘉殿は琴がお得意なの？」

「得意と言えるほどでは――」

「是非弾《ひ》いてみてほしいわ。ねぇ丹子、あとで私の琴を持ってきてちょうだい」

「はい、わかりました」

蒸し上がると、青嘉の馬は一層なんだかよくわからない形になっていた。

赤い花をつけた庭の百日紅《さるすべり》の下に敷物を広げて茶を淹《い》れると、皆でほかほかの蓮蓉包を囲んだ。雪媛は兎型を口に運び、横で楽しそうにしている母の笑顔を眺めた。秋海が笑顔でいてくれると、何より嬉しい。

青嘉は秋海の要請に応《こた》えて琴を奏《かな》でた。

その旋律に耳を澄ましながら、雪媛は青嘉が作った不格好な形の蓮蓉包をひとつ、手に取った。口にすると、ふと青嘉と目が合った。

同じ味でしょう？　とでも言いたげだったので、雪媛はわざと少し眉を寄せてみせた。実際、餡と生地の割合が調和しておらず、いい出来とはいえない。

するとと青嘉は少し苦笑したようだった。

「あらまぁ、本当に素晴らしい音色だこと」

秋海が感嘆の声を上げる。

「本当に……ああ雪媛様、せっかくですから青嘉殿の琴に合わせて、是非舞を見せてくださいな」

丹子がせがんだ。

秋海も促すので、雪媛は扇《おうぎ》を手にして立ち上がった。青嘉が心得たように曲を変える。伸ばした腕も、跳ねる足も、髪の先まで琴の音《ね》に包まれていく。

まるで青嘉の腕に支えられて舞っているように、体は軽く、心地よかった。

やがていつの間にか秋海も丹子も、どこか遠くの世界へと去ってしまったように思えた。

そこのいるのは、ただ二人だけ。

青嘉の視線が、自分だけを見つめている——。


「——あの、やっぱりお口に合いませんよね……すぐに下げます」

娘の声に、はっとした。

そこは母の家などではなく、流刑地の寂《さび》れた小屋だった。

目の前にいる娘は、恐縮したように差し出した包みを引っ込めようとする。あまりはっきりと彼女に目を向けることがなかったが、改めて見るとうっとうしいほどに長い前髪が顔を半分隠しているし、こちらを見ないようにしているのか常に目を伏せているので表情がよくわからなかった。

「——いや」

「え?」

雪媛は蓮蓉包を手に取る。満月のように綺麗な真ん丸。

一口齧《かじ》り、咀嚼《そしやく》する。

「……美味しい」

娘は驚いたようだった。そして少し恥ずかしそうに「よかった」と小さく呟《つぶや》くと、顔を伏せたままそそくさと出ていった。

雪媛はまた一人になった。

夜になり、谷間を通り抜けるうつろな風の音ばかりが聞こえるだけになると、雪媛は外へと出た。眠って悪夢を見るくらいなら、眠らないほうがいい。

川辺に腰を下ろすと、月明かりに照らされた川面《かわも》が輝いてちらちらと蠢《うごめ》いていた。覗《のぞ》き込むと、自分の顔が朧《おぼろ》げに浮かび上がる。

しかしやがてそれは歪《ゆが》んで、玉瑛の顔に変わった。

恨めしそうにこちらを見返してくる。

「……私が、憎いか？」

尋ねても、玉瑛は何も言わない。

雪媛はぱしゃりと水を弾《はじ》いた。幻は霧散《むさん》し、また雪媛の顔だけが映った。

立ち上がり、川沿いの道を歩き始める。

見張りの兵士が雪媛に気づいて、駆け寄ってくる足音が聞こえた。

「それ以上は外へ出れません。お戻りください」

人影はひとつ。他の兵士が控えている様子もない。彼だけ夜の番を押しつけられたのだろうか。

（警備は手薄だな……）

一人なら欺《あざむ》いて逃げ出す機会があるかもしれない。そう考えて、すぐに打ち消す。

（逃げてどうなる……）

罪人の逃亡者が、未来をどう変えられるだろう。

「あの……も、戻ってください」

少し遠慮気味に兵士が言った。暗くてよく見えないが、体格はさほど大きいわけでもなく、威圧感はない。手にした槍《やり》を構えもせず、ただ持たされているという風情《ふぜい》だった。

雪媛は何も言わず、小屋へと戻った。

寝台に横になると、布団の中で小さく丸くなった。

玉瑛が雪媛になったばかりの頃、よくこうして一人、不安で丸くなっていたことを思い出す。突然放り込まれた過去の世界、見知らぬ者たちに囲まれ、顔すら自分のものではなかった。

それを秋海は、優しく抱いて安心させてくれた。

本当は、自分は彼女の娘ではないのに。

「お母様……」

秋海は無事だろうか。雪媛がこんなことになって、また周囲から嫌がらせを受けていないだろうか。

あの優しい手。どんな湯婆子《ゆたんぽ》よりも温かく安心する手。

そのぬくもりは、もっとずっと前から記憶にあるものと同じだ。

幼い頃、寒いと言うと玉瑛の手を包むように握ってくれた。かさついて、あかぎれだらけで、節くれだった温かな手。あの母親にも——そんな日が確かにあったのだ。

ぼんやりと過ごすことが増えた。

皇宮から持ち出すことを許された物は多くはない。書物、筆に硯《すずり》、あとは僅《わず》かな衣類と最低限の化粧道具程度だ。書物を手にしてみても読む気になれず、ただ川辺で水の流れに目を向けて漫然と過ごす。都からの便りはない。

どこか空虚で、体の力が抜けてしまったように思えた。

日に日に自分が、柳雪媛ではなく玉瑛に戻っていく気がした。何もできない、あの無力な小娘に。

　山の上の空気も徐々に夏を感じるようになった。

　玉瑛の知る歴史通りであれば、青嘉たちが出征した戦《いくさ》に決着がつくのは秋の終わりになるはずだ。この戦に勝利し、高葉《こうよう》国は瑞燕国に併合される。これを皮切りに、この国はさらに他国への攻勢を強めていくことになるのだ。

（ただし、以前の歴史ではその間、霊帝《れいてい》は息災だった……）

　後世霊帝と諡《おくりな》されることになる碧成は、無能ではないが平凡な皇帝として知られる。彼の治世は二十年余り。彼自身は凡庸《ぼんよう》であったが、青嘉をはじめとした諸将の活躍により領土は拡大し、内政では蘇高易《そこうえき》や薛雀熙によって安定した治世となった。碧成が死ぬと芙蓉の産んだ皇子が跡を継ぎ、独家が外戚として権勢を極めていく。

　しかし、碧成はもしかしたらもう危ういのかもしれない。雪媛が彼に飲ませていた薬によって、想定以上に身体に負荷がかかっていた可能性はある。

　そこまで考えを巡らせ、雪媛はまだ幼かった碧成に初めて会った時のことを思い起こした。

　雪媛が先帝に目をかけられるようになって、まだ間もない頃だった。

　新たな寵姫の登場を快《こころよ》く思わない後宮中の妃すべてが、雪媛の敵に回った。唯一の心のよりどころは侍女になってくれた芳明だけ。

そんな折、外国使節を迎えた皇帝主催の宴《うたげ》が催されることになり、雪媛も出席するようにと前《さき》の皇帝から命じられたのだ。

後宮の妃の中で唯一出席を許された雪媛に対して、周囲からの嫌がらせは最高潮に達した。特に、もともと皇帝の寵愛を受けていた四妃《しひ》の位《くらい》にある者たちは徒党を組んだ。

宴の席で舞を披露《ひろう》することになっていた雪媛は、直前に衣装を引き裂かれ、さらには四妃に買収された侍従《じじゅう》によって宴の開始時刻を遅く知らされていた。

芳明が急いで別の衣装を用意したが、件《くだん》の侍従がそ知らぬふりで怒鳴り込んできた。

「もう宴が始まるというのに、一体何をしていらっしゃるのですか。陛下は大層ご立腹です」

慌てて宴が行われている中庭へと向かう途中。近道をしようと、人気《ひとけ》のない裏道を突っ切った。

その時、密やかな泣き声が雪媛の耳に届いたのだ。

泣き声のするほうへと近づいていくと、封鎖された宮殿の扉の前で大きな道化の仮面を被《かぶ》った少年がうずくまっているのが見えた。表情は仮面で隠れてわからないが、肩を震わせ、嗚咽《おえつ》を漏《も》らしている。

その宮殿は数年前に亡くなった皇后の居所だった。皇帝は亡き皇后を誰よりも愛し、彼女が亡くなると長い間悲嘆に暮れたという。そうして、愛する妻との思い出の詰まったその場所を、永遠に封じた。

「――どうしたの？」

宴に呼ばれた芸人か何かだろう、と思った。迷い込んできたのだろうか。

声をかけると少年はびくりと肩を強張《こわば》らせた。

「道に迷ったの？」

「………」

少年は答えない。

「雪媛様、急がないと！」

芳明が急《せ》かしたが、雪媛は少年の前に屈《かが》み込んだ。

玉瑛であった頃、後宮に入ったばかりの頃を思い出す。頼る者はなく、冷たい視線と言葉ばかりが降り注ぐ。

ただ一言、誰かが気にかけて声をかけてくれていたら。話を聞いてくれていたら。

（どうして皆、見て見ぬふりをするんだろうと、何度も思った――）

「悲しいことがあったの？」

「……父上が……」

仮面の向こうで、洟《はな》をすする音がする。

「父上が……僕は恥さらしだと……」

「お父さん？」

「兄上たちは……優秀なのに。僕は何をやっても駄目で……」

涙声で訥々《とつとつ》と少年は言った。

「……情けない、と言われた。本当に自分の子なのか、と」

思い出してまた辛《つら》くなったのか、少年はさらに泣きだしたようだった。

涙を拭《ふ》くようにと雪媛が手巾《しゅきん》を差し出すと、少年はおずおずと受け取ったが、仮面をつけたままでは拭くこともできない。仮面を外すかしばし逡巡した様子だったが、やがて小さく、

「……あっちへ行ってくれ」

と言った。

「まぁ！　雪媛様のご親切を――」

芳明が眉を吊り上げる。

「人前で涙は見せぬ」

　少年はそれだけは、張りのある声で言った。

　それで雪媛は、この少年が何故《なぜ》仮面をつけているのかその理由に気がついた。

　泣き顔を見られないためなのだ。

「――わかったわ。じゃあ、私たちは行くわね」

　雪媛はぽんぽんと彼の手を優しく叩いて立ち上がり、行き過ぎようとした。しかしふと足を止め、少年を振り返る。

「お父さんは、あなたに期待しているのね。お兄さんよりも、ずっと」

　少年は項垂《うなだ》れていた頭を少し上げた。

「だからそんな厳しいことを言うんだわ。どうでもいいと思う相手に、わざわざそんな言葉をかける人はいないもの」

　少年は何も言わない。

「頑張ってね」

　雪媛はそれだけ言うと、その場を後にした。さすがにこれ以上、遅参するわけにはいかない。

　小走りに宴の席に駆け込むと、賓客《ひんかく》たちは酒を片手に歓談していた。奥には、不機嫌そうな皇帝の顔が見える。その横には、若い青年が二人。

皇帝の息子たちだ。側室の子である長男と次男。

この二人はすでに独立して皇宮の外に居を構えているため、雪媛とは滅多《めった》に顔を合わせることはなかった。皇帝にはさらにあと二人皇子がいる。数年前から第三皇子は病の療養のために離宮へ出ており、同母弟の第四皇子も同行していて、下の二人にはまだ会ったことがなかった。

「――陛下、お待たせして申し訳ございません」

雪媛が膝を折って挨拶すると、皇帝はこちらを見ようともせず不機嫌そうに言った。

「……余が女ひとり命《めい》に従わせることもできぬ皇帝であると、他国に知らしめたいのか？」

雪媛はあえてにっこりと、笑みを浮かべた。

「陛下が世にも稀《まれ》な女をその手中に収めていると、知らしめとうございます」

怯《ひる》む様子も見せない雪媛に、皇帝は愉快げに表情を緩めた。

雪媛が宴席の中央に据えられた舞台に現れると、異国の客人たちは品定めするように彼女に視線を向けた。

笛の音《ね》に合わせて、長い袖《そで》を翻《ひるがえ》す。

その瞬間。

皇帝も、皇子たちも、客人も、皆の視線が自分に絡みついて離れなくなる。その熱を、肌で感じた。こうなれば、もうこちらのものだ。

その視線の中にひと際《きわ》激しい熱を孕《はら》んだものがあったことに、その時はまだ気づいていなかった。

柱の陰から宴の様子を見つめていた少年――療養先から戻ったばかりの第三皇子は、外した仮面を片手に、呆然と父の寵姫を見つめていた。その輝く生気に引きつけられ、搦《から》めとられるように。

碧成は以来、勉学も武芸も努力し励んだ。

特段何かに秀でることはなかったものの、それでも父である皇帝から認められ皇太子となった。もともと皇帝は、かつて最も愛した妻である亡き皇后の子を跡継ぎにしたいという思いが強かったから順当な立太子《りったいし》であったといえる。それでも、碧成の成長を確かに認めたからであったはずだ。

「雪媛、今日は父上に褒められたぞ」

誇らしそうに、何より嬉しそうにそう報告してくる碧成が、自分に恋慕《れんぼ》の情を抱いているのはすぐにわかった。

その様子はどこまでも無邪気だった。

皇帝になってからも、碧成は純粋に雪媛に愛情を向けた。その想いを向ける相手から、薬を盛られているとも知らずに。

(昔のことばかり、思い出す――)

雪媛は追憶から意識を戻し、屈み込んで川の水に手を差し入れた。きんと冷たい。

碧成にもしものことがあれば、次の皇帝は恐らく弟の環王《かんおう》だ。

雪媛は皇帝二代の世に渡り都への出入りを禁じられたが、皇帝となった環王が崩御《ほうぎょ》すればその期間を過ぎたことになる。だがまだ若く健康な環王が、そうそうすぐに死ぬはずもない。

(新たな皇帝の即位時には恩赦《おんしゃ》が出るはず。あるいはその時が狙い目か――)

環王と蘇高易の娘である雨菲《うひ》を引き合わせ、逢引《あいびき》を手助けしたのは雪媛だ。環王ならば、雪媛を悪くは扱わないだろう。碧成がこの世を去れば、後宮に入れられた雨菲を取り戻すこともできるのだし――。

(そう、陛下が、死ねば……)

――そなたが傍にいることが余にとっては何よりも大切だ。

碧成の言葉が、脳裏をよぎった。愛《いと》おしそうにこちらを見つめる眼差《まなざ》しも。

「――おい、本当にここに皇后がいるのか?」

がやがやと声がして、雪媛ははっと顔を上げた。

「元皇后だろ」

「ちょっと、勝手に入らないで！」

木陰からそっと覗くと、麓の住民らしき男たちが五人、兵士に止められているのが見えた。見張りの兵士はまた一人しかいなかった。夜に会ったあの兵士のようだ。

「いいだろ、見るくらい」

「天から遣《つか》わされた神女様が、こんなあばら家に住んでるなんてなー」

「本当に神女なら皇帝の御子を殺したりしないだろ」

「そうそう、ただの妖婦さ。先代と今の陛下、親子二人を誑《たぶら》かして一族郎党贅沢三昧《ざんまい》」

「もともと噂があったじゃないか。地震が起きたり山が噴火したり、全部柳雪媛自身が災いの元凶だったんだって」

「あ、ああー、おほん。下がって、ほら！　外部の人間との接触は禁じられているんだから！」

兵士がなんとか権威を示そうと、槍を横にしてこれ以上は進ませないという意思表示をするが、どうも迫力も覇気もない。男たちはあからさまに彼を軽く見て、槍に手を伸ばして兵士を突き飛ばした。

「ちょっと見るだけだってー」

「わっ」

兵士はあっけなくひっくり返った。笑い声を上げながら男たちが小屋に近づいていく。

転がった兵士は急いで立ち上がると、彼らの前に再び立ちふさがった。

「――だめです」

「邪魔すんなよ、お前」

「仕事ですから」

男の一人が兵士の胸倉を摑みかかる。今にも殴りかかりそうな様子に、他の仲間たちが声を上げげた。

「おい、やめておけよ。こんなのでも役所から派遣されてる兵士だ。手ぇ出したって知れたら問題だぞ」

「――ちっ」

男は兵士を仲間の一人に向かって放り投げた。

「しばらく押さえておけよ」

他の男たちはぞろぞろと小屋に向かい、ぞんざいに戸を開けて中に入っていく。

「誰もいないぞ」

「逃げたんじゃないのか」

がたがたと物をひっくり返す音が響く。

「どこかに隠れてるはずだ、探せ！」

木陰に身を潜《ひそ》めていた雪媛は周囲を見回した。見通しのいいこの谷間に隠れる場所は、もう他にない。

「――ここにいる」

自《みずか》ら木々の間から抜け出し、雪媛は声を上げた。

男たちは吸いつけられるように雪媛に目を向ける。

一瞬ぽかんとした様子で、やがて好奇と、そして追い詰められた弱いものをいたぶる嗜《し》虐《ぎゃく》的な表情を浮かべた。

「これが皇后？」

「へぇ……」

「皇帝ってのはこんな女を何人も後宮に侍《はべ》らせてんのかよ」

じりじりと男たちが近づいてくる。

「私に近づくな」

雪媛は強い語気で声を上げた。

えもいわれぬ迫力と堂々たる佇《たたず》まいに、人に命令されることに慣れている男たちは一瞬怯んだ。

しかし、そこにいるのがもう何も持たないただの女だと、男たちにはわかっていた。

「近づくな、だって」

「随分偉そうな言葉だ。さすが元皇后様」

「自分の立場をわかってないみたいだなぁ。あんたは罪人で、あんたの命令を聞く女官も護衛ももういないんだよ」

そう言って笑う男が腕を摑んできたので、雪媛は思い切り頬をはたいた。きゅっと男の眉が吊り上がる。

「……この女！」

殴られる、と思い雪媛は目を閉じた。

しかし突然、後方で悲鳴が上がった。

「うわあぁあ！　こっちに来るなぁ！」

男が一人、必死の形相《ぎょうそう》で叫びながら駆けてくる。その後ろからは、先ほどの兵士が迫っていた。

「おい馬鹿！　なんで逃がした！」

すると逃げてくる男が兵士のほうを指さし、

「蜂！　蜂！」

と叫ぶ。

よく見ると、追いかけてくる兵士も引きつった表情をしていた。彼の後方には何か黒い靄《もや》のようなものが浮かんでいて、ぴたりとその背後を追ってくる。

蜂の大群だった。

雪媛と男たちに向かって二人が突っ込んでくる。皆慌ててその場を離れ、散り散りに逃げ出す。

兵士は男たちを追いかけるように縦横無尽《じゅうおうむじん》に走り回ったが、実際には彼も懸命に逃げているだけだった。蜂の大群はその後をぴったりとついていくので、男たちは必死に彼を避けた。

「あっちへ行け！」

「わー！　しっしっ！」

男たちは走り回る兵士から逃れるように、急いで谷間を駆け下っていく。やがて彼らの姿は見えなくなり、どこか遠くから悲鳴が僅かに響いてきた。

雪媛は呆然としながらも、どうやら助かったらしい、と胸を撫で下ろした。

そしてどこにあれほどの蜂がいたのか、と周囲の木々を注意深く観察する。一本の橡《とち》の木に大きな蜂の巣ができていることに気づいた。かなり高い位置にあって、これまで視界に入ってこなかったのだろう。

しばらくして先ほどの兵士と、ちょうど山を登ってきたらしい娘が二人連れ立ってこちらに歩いてくる姿を見つけた。

「……無事か？」

兵士は雪媛に話しかけられたことが意外だったようで、少し瞳を見開いた。そしてどこか飄々《ひょうひょう》とした様子で頭を掻く。

「あー、まぁ、はい。あいつらは蜂に追いかけられたまま山を下りていきましたんで。……はぁ疲れた」

「蜂に刺されなくてよかったですね」

娘が安心したように言う。

「いや、ちょっと刺された」

「えっ」

「大丈夫、俺今までも何度か刺されたことあるから。一回それで死にかけて、死んだはずの母親が花畑の向こうに見えたこともある。でもそれ以来、刺されてもちょっと腫《は》れるくらいなんで」

「……蜂に刺されるのは二度目以降のほうが命にかかわる。何度も刺されたなら油断しないほうがいい」

　雪媛がそう言うと、兵士は「えっ」と表情を曇らせた。

「ええ、そうなんですか……まいったなぁ。まぁしょうがないかなぁ、その時は」

「しょうがないって！　刺されたのどこですか？　見せてください」

　娘が慌てて兵士の服を脱がせると、右腕と背中に赤く腫れた箇所が見えた。毒を押し出すようにして、川の水で洗い流す。

「……助かった。礼を言う」

　雪媛がぽつりと言うと、娘にされるがままでどこかぼんやりしていた兵士は不思議そうに顔を上げた。

「いや、ただ蜂に追いかけられただけですけど」

「彼らを止めてくれただろう」

「そりゃ、それが俺の仕事ですからね」

「……そうだな」

　娘が心配そうに声をかける。

「どこか苦しかったりしませんか？」

「うん、別に」

「何かあったら、すぐに言ってくださいね」

「うん、ありがと」

　服を着ると、兵士はまた持ち場にのそのそと戻っていった。

「あの……すみません、里の人たちが。ここには私以外来てはいけないって、お役人様にも言われてるんですけど」

　娘はすまなそうに頭を下げる。

「……お前が謝ることじゃない」

　それだけ言って雪媛はまた川辺に座り込んだ。かたかたと震える手を、ぎゅっと押さえ込む。体が震えていることを、認めたくなかった。

　やがて雲がかかり始め、ぽつぽつと弱い雨が降りだした。雪媛は仕方なく、小屋へと戻った。

　部屋の片隅に娘の姿があった。古びた櫃《ひつ》には雪媛が持ってきた書物が収められている。開けっ放しになっていた櫃の前でそのうちの一冊を手に取り、熱心に見入っているようだった。

「……字が読めるの？」

声をかけると娘は驚いて飛び上がった。手にしていた書物がばさりと落ちる。それを慌てて拾い上げると、膝をつき頭《こうべ》を垂れた。

「あ、ああ、あの、ご、ごめんなさい！　勝手に──申し訳ありません、お許しを！」

ばっと本を雪媛に差し出す。

「読めるのか、と訊《き》いている」

「え、あの──ええと、いいえ、字は少ししか……。あの、これは絵が綺麗だったから、つい──」

本当だろうか、と雪媛は疑った。

（この娘も結局は私の見張り──誰かに言われて私の動向を探ろうとしているのかもしれない）

「雨が降ってきた。もう帰りなさい」

「え、あ、はい！　……失礼します！」

娘は慌てて出ていった。

見られて困るものはない。探られても問題はない。

屋根を打つ雨の音が響き始めた。

古びた小屋はそこかしこで雨漏《あまも》りしていて、雪媛は咳《せ》き込みながら碗をその下に置いた。

（雨——）

崖から落ちて雪媛としての記憶を失い、玉瑛に逆戻りしてしまった時のことが思い浮かんだ。突然雨が降りだし、青嘉とともに山の中で雨宿りをした。

雪媛が濡れないようにと引き寄せてくれた、青嘉の温かな腕の温《ぬく》もりを思い出す。

ぎゅっと目を瞑った。

雨は夜半まで降り続けた。

「あの、これをどうぞ」

娘がおずおずと、湯気の立つ碗を差し出した。

「……？」

雪媛が目で問うと、娘は顔を伏せた。

「あ、あの、先日から咳をされているようだったので……生姜《しょうが》を入れてお湯で割ったものです」

雪媛はしげしげと碗を見つめた。

(毒が入っているかもしれない)

先日の娘の様子から、警戒心が頭をもたげた。

だが、途端に馬鹿馬鹿しいのではないか、とも思った。毒を入れる機会などこれまでもいくらでもあったのだ。

(いや、それでも用心するに越したことはない――そうして私が安心して食べているのを見た上で、時機を窺《うかが》って手を下すということもありうる)

相変わらずこの娘は、こちらと視線を合わせようとせず常に伏し目がちだ。それは後ろめたさの表れなのかもしれなかった。

「……いらない。下げて」

そう言うと、娘は少ししょげたように俯《うつむ》き、「はい」と碗を下げた。

「もう食事の用意はしなくていい。今後は材料さえ置いていってくれれば、自分でやる」

「え……」

「水汲《く》みも火《ひ》熾《おこ》しもしなくていい。罪人である私が、人の手に頼る生活をするのもおかしな話だ」

実際には彼女を警戒しているからだが、そうは言わなかった。

娘は驚いたようだった。

「ご自分で……ですか？　あのう……できますか？」

「問題ない」

「でも……」

以来、雪媛は自分で川まで水を汲みに行き、竈《かまど》に火を入れ、自分の口に入るものは自分で調理した。その手慣れた様子に、娘は驚いたようだった。

「皇后様というのは、ご自分でこういったこともするものなんですか……？」

見事な包丁さばきを見せた雪媛に、自分よりうまい、と感嘆の声を上げる。

「高貴な方というのは、召し使いに命じてなんでもやらせるものだと思っていました」

「……普通は、しないな」

奴婢として生きていた自分にとっては、すべて当たり前のことだ。これが本物の柳雪媛であれば、一人では何もできなかったに違いない。

娘は仕事が少なくなったものの、あまり嬉しそうではなかった。やはり雪媛を監視するよう言われているのか、できるだけこの谷にいようとしているようだった。

「せっかく時間ができたのだから、山を下りて好きに過ごせばどうだ」

ある時そう言うと、娘は曖昧《あいまい》な返事をした。

時折、見張りの兵士と談笑している姿を見かけた。兵士はやはりいつ見てもあの男一人しかいないようだった。始めは二名態勢で、さらに朝晩で交代していたはずだ。雪媛の様子から、人員を減らしたのかもしれない。

不用心なことだ、とさすがに思う。この兵士が寝ている間に、雪媛はいくらでも抜け出せるだろう。

よく動くようになったせいか、以前よりは寝つきがよくなった気がした。それに最近は、夜になるとどこからかよい香りが漂ってくる。樹木の香りが風に乗って流れ込んでくるのか、それは妙に心地よく感じられた。

悪夢はまだ、時折現れた。

その晩は、玉瑛が奴婢として忙しく働いている夢だった。優しい声に振り向くと、楊慶《ようけい》が微笑んでいた。かつては心ときめかせたその笑顔。楊慶は玉瑛の手を引いてどこかに連れていこうとする。

(――嫌)

その手を振り払い、玉瑛は逃げ惑った。追いかけてくる。追いかけてくるのは、頰傷を持つ老将軍だ――。

「――――っ!」

息を切らして目を覚ました。

汗が首筋を伝う。

両手で顔を覆い、大きく息を吐いた。

忘れるな、と言われている気がした。このままでは、玉瑛の運命は変わらないのだ、と。

窓からは僅かに白み始めた空が見えた。そろそろ夜明けだ。

かたん、と外から音がしたのはその時だった。雪媛ははっと身を起こす。

誰かが来たのだろうか。もしや、またあの男たちだろうか。それとも、自分を確実に亡き者にするために刺客でも送り込まれたか――。

足音を潜めて、そっと窓から外の様子を窺った。

そこにいたのは、見張りの兵士だった。窓の外で何かを拾い上げて、布に包む。

目を凝《こ》らすと、それは小さな香炉だった。きゅっと布を結んで手に持つと、そのまま去っていく。

（香炉……？）

どこからか流れてくる、香り。それを嗅《か》ぐと気分がよくなった。

（あれが置かれていたのか……？　いつの間に……）

わざと嗅がされていたのだ。あれはなんだろうか。催眠効果のある香を薫《た》き、雪媛が眠るように仕向けていたのだろうか。もしくは幻覚作用があるかもしれない――。

あの兵士もまた、ただ職務として見張り番をしているのではなさそうだった。

外で火を焚《た》いていると、娘が恐る恐るといったふうに声をかけてきた。

「あのう、これ、燃やしてしまうなら、いただいていいですか？」

娘が手にしていたのは、雪媛《せつえん》が手慰《てなぐさ》みに書いた詩歌《しいか》だった。ぼんやりと適当に書き散らかしたもので、火にくべようとしていたところだ。

「そんなものどうするの」

雪媛が何か陰謀を企《たくら》んでいる証拠かもしれないと、誰かに渡すつもりだろうか。探っても得るものがなさ過ぎて、こんなものでも手土産《てみやげ》にしたいのかもしれない。

「裏はまだ書けますから、もったいないです。いい紙ですし」

「……好きにすればいい」

「ありがとうございます！」

娘はぱっと頭を下げた。相変わらず、表情はよく見えない。

雪媛は他の塵《ごみ》を燃やして火を消すと、そのまま真っ直ぐに兵士のもとへと向かった。交代する兵がいないので、かつては何かの物置であっただろう番小屋に寝泊まりしているようだ。あの香炉も、その中にあるのだろう。

その番小屋を背にして座りぼんやりしていたところ、雪媛が近づいてきたのに気づいて驚いたように立ち上がった。

「これ以上先へは行けません」

「……何を嗅《か》がせた？」

「え？」

「あの香炉だ。お前が置いたのだろう」

兵士は、ああ、と頭を掻いた。

「気づいちゃいました？」

「誰の命《めい》だ」

「誰のって――あの子に頼まれて」

そう言って男は、川辺で座り込んでいる娘を指さした。

「――何？」

「眠れないんですよね？」

「いっつも呻《うめ》き声やら泣き声やら悲鳴やら上げてるし……夢見悪いんですかね？　夜中によくふらふら歩いてるし。……っていうのをね、あの子に話したら、じゃあ眠気を誘う香があるから置いてくれって頼まれて。いやー、いい子ですよね。あなたが体調悪そうとか、ご飯食べないとか、いつも心配してますよ。あ、俺もね、言ったんですよ。直接香炉渡せばいいんじゃない？　って。でもそれだとあなたが受け取らないだろうって言うんですよ。食べ物も何か入ってるんじゃないかと思われてるみたいって。そうなんですか？」

「え？」

「………………」

「噂《うわさ》に聞く限り、後宮《こうきゅう》ってあれでしょ、陛下の寵愛《ちょうあい》を争ってみんなお互い毒入れたりするわけでしょ？　疑うのが習慣になってるのかもですけど、あんまり無下《むげ》にしたら可哀そうですよ。この間だってほら、わざわざあの子が咳止《せきど》め作ったのに、飲まなかったでしょ。せっかくなんで俺がもらって飲みましたけどね、もったいないし」

口調はどこまでも淡々としており、どこか他人事《ひとごと》のようでもあった。

「あ、あの香も何か変なもの混じってるんじゃないかって思ったんですね？　大丈夫ですよ、俺も嗅いでるわけだし。もちろん、寝てる間に何もしてないですからね？　だって俺も寝てるから。あなたが眠ってると俺も安心して睡眠がとれて助かります」

そう言って兵士は香炉と小さな包みを取り出してきて、はい、と雪媛に差し出した。

「こっちが香木です。あげますから、これからは自分で薫《た》いてください。嫌ならあの子に返してあげてください」

雪媛は困惑した。渡された包みを開くと、確かに夜に嗅《か》いだものと同じ匂《にお》いが鼻を掠《かす》める。

嘘を言っていないだろうか、と雪媛は男の表情を探った。どこか茫洋《ぼうよう》とした、感情の掴めない男だ。惑わされるわけにはいかない。

「あれ、俺の言ってることも疑ってます？」

雪媛の様子に少し気色《けしき》ばんだように言った。

「あー、うーん。そりゃあ俺はまぁ、見張りなんでね、仕方ないかもですけど……」

なんて言ったらいいのか、というように首を傾《かし》げる。

「あのー……人の厚意はさ、素直に受け取ればいいんじゃないんですかね。――ていうか、辛《つら》そうな人とか苦しそうな人が目の前にいたら、なんとかしてあげたいなーって思うのって……なんていうか……人として当たり前なんじゃない？　それ、疑う必要あります？」

ぎくり、とした。

――どうして皆、見て見ぬふりをするんだろうと、何度も思った――。

（当たり前……）

雪媛は手にした香炉と香木を見つめた。

娘の姿を探す。川辺に腰を下ろして、何か手を動かしているようだった。彼女の傍《そば》に近づいてみると、先ほど雪媛が燃やそうと思っていた紙の裏に何かを書いている。

字は少ししかわからないと言っていたのに、と思い覗《のぞ》くと、書いていたのは文字ではなかった。

絵だ。

それはこの谷の情景だった。墨の濃淡だけで、岸壁の荒々しさを、川の流れを、木々の繊細さを見事に表した構図。思わず見入った。

これほどのものを描ける絵師は、都にもそうはいない。

雪媛の書物に見入っていたのを思い出す。あの時彼女が見ていたのは、細かい絵図の入った植物図鑑だった。

――あの、これは絵が綺麗だったから、つい――。

いつの間にか背後に佇《たたず》んでいた雪媛に気づいた娘が、驚いて立ち上がった。

「あっ――何かご用ですか？」

そこで雪媛が手にしている香炉に気づくと、ああっ、と身を強張《こわば》らせた。

「う、あの、それは――」

叱責《しっせき》されると思ったのか、しどろもどろになる。

「勝手なことをして――その、差し出がましい真似だとは思ったのですが、ええと――」

「……絵は」

「え？」

「絵は、誰に習った？」

娘はぽかんとしている。

「見事な腕前だ」

「え、え、これですか？」

おどおどと手元の絵を見下ろした。

「いえ、あの、自分で勝手に描いてるだけで……」

「自分で？　……独学だと？」

「えっ、あの、はい――誰かに習うなんてお金がかかってできませんし――」

「…………」

「……あの？」

雪媛は香炉をぎゅっと握りしめた。そして今更になって気づいた。

雪媛は、彼女の名前も知らない。

最初に名乗っていたような気はする。しかし、ろくに聞いていなかった。

「――名前を」

「え？」

「名前を……もう一度教えてくれるだろうか」

娘は戸惑ったように、さらに目を伏せた。

「あの……眉娘《びじょう》です。陳《ちん》眉娘」

「……眉娘」

雪媛は少し、言葉に迷った。だが、迷う必要などないのだ、とも思った。

「この香のお陰で、以前より眠れるようになった。……ありがとう」

すると眉娘は、はっと顔を上げた。

「眠れました⁉　よかった！」

そうして兵士に向かって嬉しそうに手を振る。

「燗流《かんる》さん！　この香、効いたみたいです！　ありがとうございました！」

兵士も軽く手を振る。

「……燗流、というのか」

「？　あ、はい、姜《きょう》熌流さんです」

（すぐそばにいたのに――二人の名前を知ろうともしなかった）

自分を監視する者だからと、何か思惑があるのだろうと。

（感謝することも、しなかった――）

いつの間に、こんなふうになったのだろう。

その日、山を下りようとする眉娘を呼び止めて、櫃《ひつ》から植物図鑑と、それからほかにもいくつか挿絵の入った書物を取り出した。

「見たいなら持っておいき」

眉娘に渡すと、いつも伏し目がちな目が初めて雪媛に真っ直ぐ向いた。

「絵の参考になるかわからないが……いらなければ売っても構わない。希少なものだから、それなりの値はつくはずだ。それで絵の教師を探せばいい」

すると娘はぱっと頰《ほお》を染め、ぎゅっと本を胸に抱いた。

「いいえ、そんな売るなんて！　いただけるなら大切にします！」

そのあまりに嬉々《きき》とした様子は、彼女が本心から喜んでいることをうかがわせた。

「わ、私……こんな絵を見たの初めてで……あの、ありがとうございます！　――熌流さん、見てください！　これいただきましたぁ！」

跳ねるように駆けていく。燗流の「おー、よかったね」とどこか間延びした声が聞こえた。

朝日が谷間に差し込むのを眺めながら、雪媛は大きく息を吸い込んだ。

橙色《だいだい》の太陽の光が直《じか》に肌に触れ、その熱が体の隅々まで行き渡るのを感じる。目を閉じて、じっとその心地を確かめる。

昨夜は久しぶりに、悪夢を見なかった。

じんわりと体が生き返るような感覚。昼は陽の気が、夜は陰の気が満ちるという。雪媛は軽く結っていた長い髪を解き、風になびくままにした。

川辺で顔を洗い、水を汲《く》み、朝餉《あさげ》の支度を始める。朝餉といっても粥《かゆ》に少しの汁物だけという質素なものだった。

(玉瑛《ぎょくえい》にしてみれば、ごちそうだ)

雪媛は、そっと手を合わせた。

後宮では白く美しかったその手も、水仕事や火熾《ひおこ》し等の労働で今では随分と荒れている。

こんな状態の自分の手を見るのは随分と久しかった。

——こんな白く滑らかな手は、働かなくてもよい者が持つ手だ。

青嘉《せいか》を試すために、宮女に変装した時のことを思い出す。この手を見て、雪媛が演じた『春蘭《しゅんらん》』がただの宮女ではないと青嘉は見破ったのだ。

（今なら完璧に化けられる）

ふっと笑う。

「……いただきます」

片付けを終えた頃、眉娘の声が聞こえた。

「おはようございます燗流さん。頼まれていたの、持ってきましたよ」

「んー、ありがと」

雪媛が顔を出すと、眉娘が「おはようございます」と挨拶《あいさつ》する。

声は明るいものの、相変わらず俯《うつむ》きがちで目を合わせようとしない。それは気易《きやす》げに会話している燗流に対しても同様だった。

その理由に、雪媛はぼんやりと思い当たっていた。

長い前髪に隠された彼女の顔。時折その合間に、一部痘痕《あばた》が見え隠れする。

恐らく疱瘡《ほうそう》にかかり生き延びたものの、痕《あと》を気にして髪で隠しているのだろう。若い娘にしてみれば当然だった。見られたくないという心理からか、人と目を合わせることを無意識に避けているのだ。

「姜燗流」

雪媛が声をかけると、番小屋の前に腰を下ろしていた燗流は意外そうに「え、はい」と声を上げた。

「……何故《なにゆえ》見張りはお前ひとりなの？　他の者はどこ？」

燗流はいくらか答えに迷うように、空を見上げた。

「いまさら突っ込みます？　そこ」

「いくらなんでも、朝も晩も一人で見張り番などあり得ない」

「……うん、もちろん本当なら二人ずつの交代制なんですけどね。皆、ここに来たくないって言うんで、仕方ないんです」

「来たくない？」

燗流は頭を掻く。

「人を呪い殺せる人間の傍《そば》に行きたくないって……まぁ、そういうことですね。自分も呪われるかもしれないから」

その答えは意外だったので、雪媛は目を瞬《しばたた》かせた。

ただの女になり下がったと思っていたが、神女としての威光はまだ失われていないらしい。

「なるほどな……それで、お前は？　呪われるのが怖くないのか」

「そりゃ、呪われたくはないですけども」

そう言って燗流は手元の紙を見つめ、大きくため息をついた。

「今更なんですよねぇ、俺……」

「燗流さん、富籤《とみくじ》外れだったんですか？」

眉娘が言った。

燗流が手にしていたのは富籤の当選結果が載《の》っている触れ書きだった。

「わかってたよ、ああわかってましたよ。当たるわけないって……」

「当たるほうが珍しいだろう」

雪媛は言った。

富籤とは抽籤《ちゅうせん》によって籤を購入した者が賞金を得るもので、庶民の間で人気があった。自分が購入した籤に書かれた番号が、抽籤《ちゅうせん》された当たり籤の番号と一致していれば賞金が手に入る。少額な賞金から高額な賞金まで当たりにもいくつかの種類があったが、当選者は毎回数名。当たる確率は恐ろしく低い。

するとし燗流は懐から籤を取り出した。籤は十枚。それと一緒に、当選結果を雪媛に差し出す。

「どうぞ見てください」

「?」

意図を量りかねながらも、燗流の持つ籤の番号と当たり籤の番号を確認して、雪媛は思わず唸《うな》った。

「これは……」

「ね、全部外れてるでしょ。――見事に番号一個ずつ違いで」

最も賞金の高い当選番号は、『四五九八二』だった。そして燗流の籤には『四五九八三』のものがある。

二等は『一三八八七』、燗流の籤は『一三八八六』『一三八八八』。三等は『五五〇六』と『二三四九』、燗流の籤は『五五〇五』『五五〇七』『二三四八』『二三五〇』。四等以下も同様だった。十枚すべてが、当たりの番号とたったひとつ違いなのだ。

「ええっ、すごい!」

眉娘が声を上げた。

「すごく、惜しい……」

「なんだこれは……? むしろ当たらないほうが不思議だ」

「全然違う番号で外れるより、よほど悔しいですね」

「俺、絶対当たらないんですよ、籤とか。考試なんかも受かったためしがない。前日に食べた魚に家族の中で俺だけ当たって考試を受けられなかったり、試験会場に向かう途中で病人に出会って介抱してたら間に合わなかったり、出したはずの答案用紙がうっかり捨てられて考試を受けた事実すら消えてたり……。そのくせ、蜂は必ず俺に向かってきて刺します。出会う率も半端ないです。ここに来てから実はもう五回追いかけられてます。この間はむしろそれが功を奏したというかね。いや、刺されたけども」

諦観《ていかん》の表情を浮かべながら、燗流は籤をくしゃくしゃに丸めた。

「顔が似てるっていうんで身に覚えのない罪状で捕まったことだって何度もあるし、いつの間にか知り合いの借金の肩代わりをさせられてるし、誰かと道歩いてれば俺だけ馬にはねられるし……あ、昨日ここに熊が出たの気づいてました？　気づいてないでしょ？　そうだよね、二人のほうには見向きもせず俺のほうにだけ向かってきたからね。ちょっと引っ搔かれたよ、ほら」

そう言って袖《そで》をまくって見せる。まだ生々しい獣の爪痕が覗いた。

「か、燗流さん！　怪我《けが》してたなら言ってください！　薬持ってきたのに……」

「大したことないよ。よくあるよくある」

「よくあるんですか!?」

「だから呪いとかね、そういうのあるならもうよっぽど身に降りかかってるんで、別に……」

雪媛はしみじみと目の前の男を観察してみた。随分と淡々としている。

今の話が本当であれば、恐ろしいほどの不幸体質、呆《あき》れるほどの凶運の持ち主である。

あくまで本当であれば、だが。

すると、燗流は雪媛の意を悟ったように言った。

「あ、作り話だと思ってます？　俺だって、そうだったらいいなと思いますよ」

「あの、私、薬取ってきます」

眉娘が走りだそうとするのを、燗流が止めた。

「いや本当、大丈夫。それより二人とも、ちょっと俺から離れて」

「え？」

「昨日の熊が、また来たみたい……」

はっと雪媛が振り返ると、小屋の陰からぬっと黒い塊《かたまり》が姿を現すのが見えた。真っ直ぐにこちらへ向かってくる。

固まってしまっている眉娘の手を引いて、雪媛は息を詰めてじりじりと後退《あとじさ》った。熊は雪媛たちには見向きもせず、燗流に近づいていく。

「あー、もう、本当嫌……」

燗流はそう呟《つぶや》いて、ゆっくりと距離を取ろうとする。しかしその瞬間熊が駆けだした。飛びかかられそうになった燗流は青い顔をして身を翻《ひるがえ》す。熊の爪からあと一歩のところで逃れ、そのまま山を駆け下っていく。熊はそれを追いかける。

「あああぁ、もうこっち来るなよおぉぉぉ……」

そう叫ぶ声が遠ざかっていく。

やがて、熊の姿も見えなくなり、静寂《せいじゃく》が訪れた。

眉娘はがくがく震えている。

「あ、あ、どうしよう、燗流さんが……」

さすがに熊相手では雪媛もどうにもできない。ひとまず眉娘を落ち着かせようと木陰に座らせる。

しばらくして、小さな影がふらふらと戻ってきた。燗流だ。

「燗流さん！」

眉娘が駆け寄る。

「大丈夫ですか？　怪我は？」

「うん、まぁ少し引っ掻き傷が増えたけど、大丈夫」

疲れ切った顔で息をつく。

「熊は？」

「俺が足を滑らせて斜面を転がり落ちたら一緒に転がっていって、そのままどっか行きました。もう来ないといいな……」

雪媛は水を注いだ碗を燗流に差し出した。どうも、と一気にそれを飲み干す燗流の表情に動揺はほとんど見られず、本当にこんなことは慣れっこなのだという風情《ふぜい》だった。


昼も過ぎた頃、雪媛は再び燗流のもとを訪れた。

「――燗流、少しいいか」

「はい？」

「これはさっき、私が適当に作った籤だ」

紙を長細く切って捩《よ》った籤は、二本あった。

「このうち、片方に当たりと書いた」

当たり、と書かれた籤を見せる。もう一つは何も書かれていない。

当たりと書かれた部分を手に握って見えなくし、背中に回して幾度か入れ替える。

「さぁ、どちらかを選んで引け」

「……じゃあこっち」

引いたのは白紙の籤だった。

「もう一度」

雪媛は再度籤を手の中で入れ替え、引くよう促す。

「こっち」

燗流が引いたのは、また白紙だった。

「……もう一度」

また白紙。

二十回繰り返したが、燗流は一度も当たりを引くことはなかった。

「眉娘、ちょっと」

雪媛は眉娘を呼び、同じように籤を引かせた。

こちらは二十回引いて、当たりを十二回引いた。

「…………」

雪媛は籤と燗流の顔を何度も見返した。

「いや、本当に当たらないんですよ、俺」

「では、これなら？」

今度は、雪媛は『外れ』と書いた籤と白紙の籤を用意した。

「白紙のほうが当たりだ。引いてみろ」

燗流は今度は二十回連続で、『外れ』と書いてある籤を引いた。横でそれを見ていた眉娘はぽかんとしている。

「……そんなことあります？」

「俺が訊《き》きたいよね……」

途方に暮れるように燗流は呟いた。

「いいんだ、もう。とりあえず生きてるし。死ぬかなって思ったこと何度もあるけど結果無事だし。むしろ申し訳ないよね、俺がいなかったらあの熊とか蜂とか、ここに出てきてないと思うし……」

その翌日、眉娘は揚げたての芝麻球《チーマーチュウ》を手に山を登ってきた。

「たくさん作ったので、よかったらいかがですか？」

「お、うまそう」

燗流がひとつ手に取って、口に入れる。

咀嚼《そしゃく》した途端、燗流の動きがぴたりと止まった。そして突然奇声を上げて飛び上がると、川の中へ勢いよく顔を突っ込む。

吐いたり水を飲んだり忙しい熌流を、眉娘と雪媛は心配するより感嘆しながら眺めた。

「……一発で唐辛子《とうがらし》入りを選ぶなんて……」

眉娘がそう呟いて、残った芝麻球を見下ろした。

雪媛が頼んで、全部で二十個あった芝麻球のうち一つだけ餡《あん》ではなく唐辛子を包んだものを仕込んでおいたのだ。

「これは本当に……本当らしいな」

雪媛も呆気《あっけ》に取られて呟いた。

「ちょ……おぇふっ……それ、辛《から》くする必要あった……？　ごほぉっ……ねぇ、別の味ひとつだけ入れればよかったよね？　一個だけ棗《なつめ》餡とか白餡とかにすればいいよね？」

涙目の熌流が叫ぶ。

「……ふっ」

雪媛は思わず、肩を揺らした。

「ふ、ふふふっ……」

堪《こら》え切れなくなり笑いだす。つられるように眉娘もくすくすと笑った。悪戯《いたずら》に成功した子どものように、だんだんと二人はお腹《なか》を抱えて笑い声を上げる。

燗流は燃えるような口内を冷やそうと水をがぶがぶ飲み続けながら、諦観の表情を浮かべていた。

雪媛は笑い過ぎて涙を拭《ぬぐ》いながら、こんなに笑ったのはいつ以来だろうか、と思う。

「……いいんだ、別に。楽しんでもらえて何より……うん、そう思おう」

燗流が自分に言い聞かせるように、遠い目をして呟いた。


江良《こうりょう》はため息をつきながら、積み上がった古い資料の山を見上げた。

今日中に年代順に整理して片付けろと命じられている。急ぎでもないはずの雑用。ここのところ、そんなことばかりを命じられる。

理由は明快だった。かねてから雪媛派だと周囲にも知られていた江良に対する待遇は、雪媛が流刑《るけい》となったことで明らかに変わった。まともな仕事はさせてもらえず、近々地方に飛ばされるだろうともっぱらの噂だ。

それでもてきぱきと恐ろしい速さで作業を終えると、江良は上役に報告した。

「すべて処理完了いたしました。――本日はこれにて失礼いたします」

上役はこちらを見ようともせず、返事もなかった。周囲の同僚たちは皆彼を遠巻きにして、声をかけてくることもない。

江良は重い足取りで家路についた。

碧成《へきせい》が今どんな病状なのか、江良にはわからなかった。君主たる皇帝の容態は、そうそう外に漏《も》れ聞こえてくるものではない。碧成のそば近くに仕《つか》える者の中には雪媛が送り込んだ者もいるが、今接触するのは危険すぎた。向こうもわかっているのだろう、何の連絡もない。

雪媛が復権するには碧成の勅命《ちょくめい》が必要だ。だがその望みも日に日に薄いと感じざるを得ない。捕らえられていた柳原許《りゅうげんきょ》と尚宇《しょうう》は釈放されたものの、皆職を解かれ、柳一族は朝廷での力を完全に失った。

(何か打開策はないのか……)

「――ただいま」

家の門を潜《くぐ》ると、姉の延東《えんとう》が顔を出した。

「江良、早かったわね」

「……なんでいるんですか、姉さん。また義兄《にい》さんと喧嘩ですか」

「実家に帰ってくるのは私の自由でしょ！」

江良には姉が二人いるがどちらもすでに嫁《とつ》いでいる。姉たちが実家に戻ってくるのは大抵夫婦喧嘩が原因で、やがて夫が謝りに来て嫁ぎ先に戻る、というのが毎度の光景だった。

そうやって夫婦間の主導権を握ること、そして何より夫の愛を確かめるのが目的なのだ。

「母様が元気がないっていうから会いに来たのよ。あんたが辺境に左遷《させん》させられるって気に病《や》んでふさぎ込んでるんだから。つまり、あんたのせい」

「まだ決まったわけではありませんよ」

「あんた、まだ妓楼《ぎろう》で遊んでるの？　早く身を固めないから、母様だって余計に心配するんじゃない。この間の見合い話はどうなったのよ」

「姉さん、今そんなことを話している場合では……」

「客が来てるわよ」

「客？　俺にですか？」

延東は不穏な目つきで弟をねめつける。

「女よ。すごい美人の」

江良ははっとした。

（芳明《ほうめい》か？）

釈放されたはずの芳明を迎えに行ったものの、その姿はすでにどこにもなかった。金孟《きんもう》にも頼み人を使って探させてはいたが、彼女の消息はようとして知れなかった。

「妓楼の女ね、あれは。客の家にまで押しかけてくるなんて……あっ！　あんた、まさか変な約束してないでしょうね？　朱《しゅ》家の長男が妓女《ぎじょ》を妻になんて許されませんからね！」

「どこですか？　客間に？」

「西の離れに通したわよ。追い返そうと思ったんだけど、門の前で声を上げて泣いて騒ぐものだから、世間体《せけんてい》が悪いんで仕方なくね！　――母様には内緒にしてあるわ。妓女が訪ねてきたなんて知ったら今度こそ倒れちゃうわよ。これ以上母様に心配かけないで！　ちゃんと手を切るのよ、いいわね？」

　足早にその場を去ろうとする弟に、延東は追いすがるように言った。

「泣き落としに出られても、ほだされるんじゃないわよ⁉」

「ご心配なく！」

「誑《たぶら》かされちゃだめよ！　どんな美人も、年を取れば皆皺《しわ》くちゃなんだからね！」

「ええ、姉さんも！」

「……あんたちょっとそこに座んなさいよこの甘やかされた末っ子長男がぁー！」

　延東が眉を逆立てて金切り声を上げた。

　そんな姉の声を後方に置き去りにし、江良は急いで離れへと駆け込んだ。

「――！」

ぎくりとした。

しどけなく椅子に腰かけ扇《おうぎ》を揺らしていたのは、芳明ではない。

姉の言うとおり一見して派手な身なりをしており、素人《しろうと》には見えない。江良の姿を見ると、真っ赤な紅《べに》が引かれた唇に蠱惑《こわく》的な微笑みを湛《たた》えた。

「江良殿」

確かに、目の眩《くら》むような美人だった。

江良は後ろ手に扉を閉め、声を潜《ひそ》める。

「…………一体何をしているんですか、飛蓮《ひれん》殿」

絶世の美女に変装した司《し》飛蓮は、手にした扇をひらひらと煽《あお》ぎながらにっこり笑った。

「司飛蓮が大っぴらにあなたを訪ねるわけにはいかないでしょう？　今のところ、私はあなたや柳雪媛とは何の関係もないということになっているのですから」

女形として名声を馳《は》せた声色でしなを作る。

この恰好《かっこう》で門の前で泣いたというから、近所ではすでに朱家の息子が妓女と揉《も》めていると噂になっているに違いない。結局は母の耳にも入るだろう。

江良はそっと頭を抱えた。

「見事な変装です……が、もう少し……もう少し目立たない感じにしてほしかったですね

「……」

「こそこそするより、堂々としているほうがよい目くらましになりますよ。それに江良殿は遊び上手で妓楼にもよく出入りされているとか。それなら、ちょうどよいと思ったのですが」

今度は地声だった。

司家を再興したばかりのこの貴公子は、今回の雪媛失脚劇による影響を受けなかった一人だ。彼が身分を回復したのは、あくまで皇帝を昌王《しょうおう》の謀反《むほん》から救うのに貢献《こうけん》したという、唐智鴻《とうちこう》の口添えによるもので、皇帝自身が司家再興を命じたのだ。公《おおやけ》には、そこに雪媛の介在はない。

飛蓮の悲願は、弟と父の名誉の回復だった。弟の冤罪《えんざい》は雪媛が潼雲《どううん》を使って裏から手を回すことで証明され、墓も都に近い司家歴代の墓所に移し立派に埋葬することができた。

以来、雪媛と繋《つな》がりがあることを周囲に悟られないよう、陰ながら連携を取っていた。彼の父親の無実を証明するためには独護堅《どくごけん》の罪を暴かなければならない。独家勢力を排除したい雪媛にとって、利害は一致している。

「雪媛様が囚《とら》われてから、ほとんど連絡もできなかったですからね。どうです、柏林《はくりん》が妓楼の女に相応《ふさわ》しい装束《しょうぞく》を揃《そろ》えてくれたのです。うまく化けたでしょう？」

舞のように袖《そで》をひらひらさせる。

「ええ、それはまぁ……しかし、逆に呉月怜《ごげつれい》だとばれませんでしたか？　女装姿は舞台で散々見られてきたわけですから」

「舞台用の厚化粧とは違いますからね。それに、行方《ゆくえ》不明になったあんな役者のことなぞもう皆忘れていますよ。民《たみ》の心は移り気……柳雪媛を神女と崇《あが》めた者たちは、今や同じ口で彼女を悪女だ妖婦だと罵《ののし》っているくらいだ」

飛蓮は悔しそうな表情を浮かべた。

「雪媛様が捕らえられて断罪される時——俺は何もできなかった。独護堅のやることは昔とひとつも変わらない。邪魔な者には罪を着せて潰《つぶ》す。父上の時と同じだ……」

「……何もできなかったのは、俺も同じです」

雪媛が芙蓉《ふよう》の子を呪い殺したと自白したと聞いた時、彼女の考えを悟った。

（大事を成すためには犠牲はつきもの。それでも、自らの懐《ふところ》に入れた者であればあるほど、あの方は見捨てることができない——）

「それで……そんな恰好までして、今日は何かあったのですか？」

「陛下の様子を探ってきたのです」

「！」

江良は向かいの椅子に腰を下ろした。

「何かわかったのですか」

「ええ。意識は戻ったそうです。ただ、まだ起き上がることはできないと。それに独護堅が手を回して、陛下を寝所《しんじょ》から外へは出さないようにしているようです。独賢妃《けんひ》の子が流れたことで、やつも焦《あせ》っているのでしょう。未来の皇帝の祖父になる可能性が消えた今、陛下不在の間に朝廷を掌握《しょうあく》するつもりなのです」

「……そうですか」

それでは当分、碧成に何かを期待することはできないだろう。

「しかし、一体どうやってそのような内情を摑んだのです？　陛下の周辺は今、箝口令《かんこうれい》が敷かれているはず」

すると飛蓮は含みのある笑みを浮かべた。

「なに、女の口は羽根より軽いものです」

「……華陵殿《かりようでん》の宮女に手を出したのですか？」

江良が呆れた声を出す。

「少し耳元で甘い言葉を囁《ささや》いただけです。本当ですよ。衣一枚脱がしていません」

飛蓮は澄ました顔で扇を優雅に煽いだ。

「もう一介の役者ではないのですから、そうした振る舞いは……」

年長者として、そして同じように由緒ある家柄の跡継ぎとして軽く説教しようとした江良の口に、飛蓮は流れるような所作《しょさ》で扇をついと押しつけ黙らせた。

「今のところ俺は何の官職も力も持たない、ただの貴族の坊ちゃんに過ぎませんからね。この身でできることといえばこれくらい。雪媛様への恩を返すには、時間がかかりそうです」

江良は扇をゆっくり押し返す。

「――雪媛様が戻られる時まで、是非力を蓄えておいてください」

「ええ、そのつもりです。ただ、どうすれば雪媛様をお救いできるか……陛下は当面、当てにはできないでしょう。何か他の手を打たないと。――江良殿、環王《かんおう》の噂をご存じですか？」

「環王ですか」

「立后《りっこう》式の後、領地へ戻って何やら怪《あや》しい動きを見せているようです」

「……まさか謀反《むほん》を？」

「兄である皇帝は病《やまい》で臥《ふ》せっている、皇帝には跡継ぎがいない――環王擁立《ようりつ》を考える者は少なくない。これまでは環王本人にその気があるとは思えませんでしたが、最近ではすっかり陛下に冷遇され、今では兄に対して含むところもあるでしょう」

　碧成の同母弟である環王は恋人が兄の後宮へ入れられたことに異議を申し立て、立后式に乱入までしたのだ。

「万が一政変が起きれば、立ち回り方を考えなくてはなりません。もう少し探りを入れて——」

　飛蓮は口を噤《つぐ》んだ。扉の向こうから足音が聞こえたのだ。

　途端に、江良の足元に伏して袖にしがみつく。

「……あんまりですわ旦那様！　必ず一緒になろうと約束してくださったではありませんかっ！」

　しくしくと泣き声を上げ、袖で顔を覆《おお》って身を縮ませる飛蓮に、江良はぎょっとした。

「ちょっ……」

「私を愛しているとおっしゃったのに！　あの甘い言葉はすべて嘘だったのですね！」

「あ、あの——……江良様、急ぎの文《ふみ》が届いております」

　遠慮がちな声がして、江良は「あ、ああ」と立ち上がった。

　扉を開けると、若い下男は手紙を江良に手渡した。

「ご苦労だった」

「あ、はい……」

下男はちらちらと飛蓮のほうに視線を向ける。

それに気づいた飛蓮が意味ありげに流し目を送ると、どきりとしたように頬を染める。

「もうよい、行け」

「はっ、はい」

名残《なごり》惜しげに去っていく様子を眺めて、江良は嘆息した。

「うちの者を誘惑しないでください」

「なんだ。俺、女だけじゃなく男も落とせるかも」

己《おのれ》の発見に飛蓮は瞳を輝かせながら、懐から小さな鏡を取り出して自分の顔に見入る。

その様子に呆れながら手紙の封を開いて文面に目を通した江良は、さっと顔色を変えた。

ただならぬ雰囲気に、飛蓮が問う。

「江良殿？　何かあったのですか？」

「……雪媛様の」

手にした手紙をくしゃりと握りしめる。

「雪媛様の母上の屋敷が暴徒に襲われました。火を放たれて……住人の安否は、わからないと……」

五章

朝、雪媛《せつえん》が水を汲《く》みに外に出ると聞き慣れない話し声が響いてきたので、おやと思った。見れば谷の入り口に、燗流《かんる》の他にもう一人別の見張り兵が立っている。

「――だから、俺はずっとここにいたと、そう言えよ。わかったな」

「はぁ」

相変わらず、やる気があるのかないのかわからない声で燗流が返事をしている。

雪媛の姿に気づいた兵士は、びくりと硬直した。

「う……」

雪媛が近づくと仰《の》け反《ぞ》るように一歩下がる。

「ようやく増員か？」

尋《たず》ねると、燗流が頭を掻いた。

「あー、えーと、まぁそんなような……今日だけです」

「？　今日何かあるのか」

「州城から官吏《かんり》が派遣されてくるんだそうで。定期的な査察だとか」

「ああ……」

雪媛の状況を都へ報告するためだろう。そこで見張りを一人にしていたと知れれば大目玉だ。それで慌《あわ》てて今日だけもう一人戻ってきたのだろう。

昼頃になると、その官吏が仰々《ぎょうぎょう》しく現れた。背後に兵士を二人連れ、反り返るように谷を睥睨《へいげい》する。

「変わりは？」

「ございません。おとなしくしております。私たちがしっかり見張っております故《ゆえ》、ご安心ください」

燗流を押しのけて、今日だけの見張り兵がへこへこしながら言った。

雪媛に気がつくと、査察官は髭《ひげ》を撫でながら彼女の姿を上から下まで眺めた。四十過ぎくらいの小柄な男で一見してさほどの地位にあるわけでもなさそうだったが、あからさまに雪媛に対して見下すような横柄《おうへい》な態度だ。

後ろのほうについてきた眉娘《びじょう》は、萎縮《いしゅく》したように下を向いている。

「刺史《しし》殿はお変わりないか」

雪媛が静かに尋ねる。

「つつがなく」

「何よりだ。……都から、何か連絡は？」

「はて、都から……どんな連絡があるとお思いなのでしょうか」

蔑《さげす》んだ目で雪媛を眺め、薄ら笑いを浮かべた。

「おい」

合図すると、連れてきた兵士たちが小屋の扉を開け、ずかずかと踏み込んでいく。手当たり次第に物をひっくり返していく様子に、雪媛は官吏を睨《にら》みつけた。鍋は地面に転がり、櫃《ひつ》が開けられ無造作に書物が放り出される。眉娘が怯《おび》えたように両手を握りしめた。

「……これは何の真似だ」

「必要な手続きです。所持品の確認ですよ。おかしなものを持っていないか……怪《あや》しい文《ふみ》など出てくれば問題です。不穏な動きがあれば、すぐに注進に及ぶ必要がありますからね」

やがて家探しを終えた兵士たちが出てきて、何も見つからなかったと報告した。

しかし、彼らの懐《ふところ》が少し膨《ふく》らんでいるのを雪媛は見逃さなかった。雪媛の所持品など僅《わず》かでたかが知れているが、それでも多少金目になるものを盗《と》ったに違いない。

「ふむ、では……身体検査も必要だな」

雪媛は眉を寄せた。

「懐に何か隠し持っているやも。さぁ、着ているものを脱いでいただきましょう」

男の顔には、いたぶることへの愉悦《ゆえつ》の色が浮かんでいる。

「私も忙しいのです。さぁ、早く」

兵士たちはにやにやと雪媛に視線を向けている。

熶流は少し困ったような顔をし、眉娘は青ざめて俯《うつむ》いている。動こうとしない雪媛に、査察官はため息をついて嘲笑《ちょうしょう》を浮かべた。

「困りましたなぁ。態度は非常に反抗的。罪人でありながら悔悛《かいしゅん》した様子もない。これは報告の必要があるようです」

するとと雪媛はおもむろに、自《みずか》らの上衣《うわぎ》に手をかけた。

「えっ……」

眉娘が小さく声を上げる。

雪媛の衣服は後宮《こうきゅう》にいた頃のような華美なものではなく、いずれもそのあたりの民が着ているものと大差ない簡素なものであったが、まるで絹の衣《ころも》を扱うような所作《しょさ》で優雅に脱ぎ捨てた。そうして、妖艶《ようえん》な笑みを男たちに向ける。

すると途端に皆、怯《ひる》むような、そして魅入られたような顔になった。

さらに、帯をするりと解いた。見せつけるようにそれを高々と右手に掲《かか》げ皆の視線を引きつけると、ぱっと手を放し、風に流しひらひらと舞わせる。

帯で留められていた裙《くん》が足元に滑り落ちた。眉娘は見ていられない、というように顔を覆《おお》った。

上に纏《まと》っていた短い襦《じゅ》まで脱ぎ捨てると、もはや下着である白い袒服《はだぎ》のみである。雪媛はその胸元を少しはだけるように手をかけながら、官吏に近づいた。

「さぁ、好きなだけ見るがいい。何か隠し持っているように見えるか?」

皆食い入るように雪媛を見つめている。ただ燗流だけは、視線を逸《そ》らしているのがわかった。

雪媛は査察官に向かって両手を伸ばすと、しなだれかかるようにその耳元に唇を寄せた。

「それとも、この中まで見たいか?　……夜に訪ねてくれれば考えてやらぬこともない。皇帝陛下が大層お気に召した体だぞ」

「…………っ」

査察官はぱっと雪媛の前から飛びのき、気持ちの高ぶりを鎮《しず》めるように身を正した。

「これでそなたは立派に務めを果たした。さぁ、帰って見たままを報告するがよい」

雪媛は怯む様子もなく、傲然《ごうぜん》と胸を張って言い放つ。

気圧《けお》されたように、査察官は表情を歪《ゆが》めた。気位《きぐらい》が高いであろう目の前の女の泣き顔が見たかったのだろうが、当てが外れたようだった。

苛立《いらだ》ちをぶつけるように、燗流たちに向かって声を上げた。

「またひと月後に来るからな。ちゃんと見張っておけ！　──行くぞ」

捨て台詞《ぜりふ》のように言って身を翻《ひるがえ》す。雪媛の姿を少し名残《なごり》惜しげにちらちらと見ながら、兵士たちも後に続いた。

彼らの姿が遠く見えなくなると、眉娘が駆け寄ってきて脱ぎ捨てられた服を慌てて拾い上げた。

「は、早く中へ！　──見ないでください！」

今日だけの見張り番にやってきた男が雪媛の姿をまじまじと見ていたので、眉娘が視界を遮《さえぎ》るように雪媛との間に立つ。燗流がぐいと男の顔を反対のほうに向かせた。

「いたたたた！　なんだよ、お前だって見たくせに！」

「俺は見てない」

眉娘に背中を押されて小屋に入る。部屋の中は滅茶苦茶だった。再び衣服を身に着け終わると、何を盗られたかと持ち物をひとつずつ検分する。

（櫛《くし》と扇《おうぎ》、帯がいくつか……硯《すずり》も持っていったのか。あれはいい硯だったからな、存外目が高い……）

　惜しい思いで片付けていると、背後から眉娘が小さく洟《はな》をするのが聞こえてきたので、雪媛は驚いて振り返った。眉娘は厨《くりや》で項垂《うなだ》れながら、割れた甕《かめ》の前に膝《ひざ》をつき破片を集めている。

「……何故《なぜ》お前が泣く」

「……だって……あんなこと……」

　なんとか泣くまいとしているようだったが、涙声になっている。

「脱いだのはお前ではないだろう」

「……そう、ですけど」

「どうということはない。慣れてる」

　すると眉娘は今度こそ泣き始めたので、雪媛は困惑した。

「どうしてそこでもっと泣くんだ……」

「……そ、そんなの、な、慣れるはず、ないじゃありませんか！」

　驚いて、雪媛は固まった。

　――行きたくない。

　唐突に、幼い頃の玉瑛《ぎょくえい》の記憶が蘇《よみがえ》った。

母にしがみついて、旦那様のところには行きたくない、と泣いていた玉瑛。

――馬鹿言うんじゃない。さぁ、すぐに行って、旦那様にお仕《つか》えするんだよ。

――嫌――。

父は目を逸らし、背中を向けた。

(どうして、こんなことを思い出す――)

慣れたと言ったのは本心だった。

玉瑛の時も、雪媛になってからも、この身はどこまでも安いものだったのだ。雪媛になってからは尚更、これは自分の体ではないのだからと言い聞かせてきた。

(……でも……嫌だった)

そのことにまるで今初めて気づいたように、雷に打たれた気分になった。

俯いたまま泣いている眉娘の姿を、じっと見下ろす。

雪媛は手を伸ばそうとして、止めた。

それからは二人で、黙々と片付けを済ませた。外に出ると夕日が赤く空を染め始めている。

いつの間にか、また見張りは熌流だけになっていた。

「さっきの男はもう帰ったのか?」

「はぁ。今日は麓《ふもと》の里で祭りがあるとかで」

「祭り?」

「来たついでに、今夜は夜通しそこで遊んでいくそうです」

「ふぅん……」

「あのー」

「なんだ」

「本当に見てませんからね、俺」

律儀《りちぎ》に宣言する燗流に、雪媛は少し噴き出した。

「そうか」

「いや、本当」

「わかっている」

「えーと……さっきの役人が夜這《よば》いに来たら、俺どうしましょうか。黙って素通りさせたほうがいいですか」

「馬鹿者。罪人の住まいに忍んできた怪しい侵入者を捕まえず、何のための見張りだ。それは私をここから逃がそうとする不逞《ふてい》の輩《やから》だ、必ず半殺しにして捕らえよ。褒美《ほうび》が貰《もら》えるぞ」

「なるほど」

眉娘が小屋から出てきたので、雪媛は声をかけた。

「足止めして悪かったね。早くお帰り。今日は里の祭りがあるのだろう」

「え……」

眉娘が少しぎくりと表情を強張《こわば》らせた。

「いえ、あの……大丈夫です。まだ、やることもありますし……」

そう言って眉娘は、いつも帰る時分を過ぎてもなかなか山を下りようとしなかった。すっかり日も暮れて夜になると、燗流も少し心配そうに言った。

「こんな暗くなって、帰り道は大丈夫か？」

「え、あの……はい……ええと……」

もごもごと言って、やがて雪媛に、恐る恐るという体《てい》で話しかけた。

「あの……その、遅くなりましたし、今夜はここにいさせていただけませんか。朝になったらすぐ戻りますから……」

「祭りに行かないのか？」

「え、ええ、その……人手は足りてますし……毎年あるものですし、子どもの頃からもう何度も見てますから……いいんです」

その様子に違和感を覚えたが、雪媛は深くは追及せず「好きにすればいい」と言って夕《ゆう》餉《げ》の片付けを始めた。

「どんな祭りなんだ？」

「あ……はい、あの、いつもこの時期になると、山の神様をお迎えするんです。それで、川沿いの道をみんなで歌って踊りながら進んでいって……隣の里からも同じようにやってきて、里の境で落ち合って祭祀《さいし》が行われます。夜はいろんな形の華やかな提灯《ちょうちん》をたくさん吊るして昼みたいに明るいんです。それで宴《うたげ》が延々続いて……」

「では今頃は、宴の最中か」

「そう……ですね」

雪媛は少し考えてから、「燗流」と呼んだ。

「はい？」

「ちょっと祭りを覗《のぞ》いてみたい。一緒に来い」

「えっ」

燗流は戸惑った様子で視線をさ迷わせた。

「ここから出すわけには……」

「だから一緒に来いと言っている。見張りつきなら文句ないだろう」

「いや、でも」

「麓に下りて、陰からこっそり様子を眺めるだけでいい。人前に出れば里の者たちも黙っていないだろうから、私も姿を見せるつもりはない」

「……うーん」

「ほんの少し長い散歩だ。道に迷っていたら、うっかり麓に出てしまうこともある」

「………」

「一緒に来ないなら一人で行くが」

「あ、だめです、だめ」

慌てたように立ちふさがる。

「どうしても邪魔するならここで裸になって、お前が目を逸らしている間に行くぞ」

「……行きます」

眉娘が驚いて声を上げた。

「えっ、里に下りるんですか？」

「一緒に行くか？」

「え……あの……」

すると眉娘は俯いて、首を横に振った。

「いえ、ここで待っています……」

僅《わず》かな灯《あか》りを手に暗い山道を下りながら、雪媛は燗流に尋ねた。

「今夜は熊も蜂も出ないだろうな」

「約束はできかねます」

「……眉娘の様子、どう思う」

「里には帰りたくないって感じでしたね」

「そうだな……」

「皇后《こうごう》様って本当に人を呪い殺せるんですか」

あっけらかんと訊《き》いてくる。

「もう皇后ではない」

「あ、そうか。えーと……」

「名で呼んでいい。雪媛だ。……できないと思っているか？」

「いや、なんていうか……見てる限り、普通の人だなーと」

「お前ほどの巡り合わせの悪さに比べたら、大抵は常人だな」

雪媛はくすくす笑った。普通、と言われたことが妙に嬉しい気がする。

眼下に明かりが見え隠れし始め、陽気に騒ぐ声が聞こえてくる。人気《ひとけ》のない小さな橋を渡って川を越えると、小さな家並みの向こうに開けた広場が見えた。

二人は用心しつつ、広場に近い家屋の物陰からそっと宴の様子を覗き見た。

子供たちがはしゃいで走り回っている。中央には相当な樹齢と思われる太い幹を持った大樹が鎮座し、その前で大きく焚《た》かれた火の周りでは楽器が軽快に打ち鳴らされ、酒を飲み、歌う者や踊る者もいた。皆一番の晴れ着を纏《まと》って、楽しそうにはしゃぎ、笑い声がひっきりなしに上がっている。

やがて太鼓が鳴り響き、子どもたちによる芝居が始まったようだった。

川の竜神が暴れて人々はいつも水害に困っていたが、ある美しい娘に恋をした竜神が彼女を妻に迎えて穏やかな性格になり、その結果川は鎮《しず》まり皆が幸せになった、という話だった。端々《はしばし》に出てくる地名などから察するに、この地方の昔話か何かなのだろう。

そんな中、着飾った若者たちが広場から離れていくのが見えた。男女はそれぞれ分かれて固まっており、互いにちらちらと視線を向け、ひそひそと何事か囁《ささや》いている。いずれも川のほうへ向かっていくようだった。

「嬥歌《かがい》でもあるんですかね」

燗流が思い当たったように言った。

「嬥歌？」

「知りません？　若い男女が言い交わす慣らわしのことですよ。俺の故郷でもやってました」

「参加したことが？」

「ないです。俺の家はそこそこ地元じゃ名家だったんで、そういったものに関わるなと言われてました」

「ふぅん」

若い少女の一団がすぐそばを通りかかったので、二人は慌てて身を潜めた。

「ねぇ、あんたは誰狙い？」

「彼、絶対私に声をかけるんだから」

「このお化粧どう？　おかしくない？」

期待と不安の入り交じった楽しそうな娘たちの話し声が聞こえてくる。

「——嬌嬌《きょうきょう》、眉娘って来るの？」

眉娘の名に反応し、雪媛は少し顔を覗かせ様子を窺《うかが》った。

「来るわけないでしょ」

嬌嬌と呼ばれた娘が鼻で笑う。

「そうよ、あの顔で誰に申し込まれるっていうの」

「でも前は賀迅《がじん》と仲が良かったじゃない」

「前は、ね」

「来たくたって来られないわよ。眉娘の晴れ着、昨日燃えちゃったんだから」

嬌嬌が肩を揺らした。

「うそ、嬌嬌ったら燃やしちゃったの？」

そう言いながら、他の少女たちも笑っている。

「あら、うっかり塵《ごみ》に混ざっちゃっただけよ。火にくべてから気づいたから、仕方がないわ」

「いつもの恰好《かっこう》で来たら笑っちゃうわね」

「来たら追い払わなきゃ。場がしらけちゃう」

「男衆だってご免でしょ、あんな顔の子」

「嬌嬌も大変よね」

「本当よ。あんな子が従姉妹《いとこ》だなんて……父さんも母さんも、どうして引き取ったりしたのかしら。私の嫁入りに影響したらどうするのよ」

少女たちの声が遠ざかっていく。

雪媛と焔流はしばらくそのまま身を潜めていた。

「……そろそろ戻りましょう」

焔流が言った。

「そうだな。──その前にひとつ、頼みがある」

やがて二人は宴の嬌声《きょうせい》を背に、元来た道を人目につかぬように戻っていった。

「──おかえりなさい」

谷に辿《たど》り着くと、眉娘が二人を出迎えた。

「どうでしたか、祭りの様子は」

焔流がちらと雪媛を窺ったが、雪媛は任せる、とでも言うように黙っている。

「盛り上がってたよ。芝居もやってて」

「ああ、毎年子どもたちが同じ演目をやるんです。『竜神様の嫁取り』って言って、このあたりに伝わる伝説なんですよ。私も昔出たんですけど、台詞《せりふ》がなかなか覚えられなくて大変でした」

「へぇ、何の役だったの？」

「……竜神の花嫁役でした」

「おお主役。すごい」

「──眉娘、ちょっとこっちへ」

雪媛が手招きする。

「はい、なんでしょう」

すると雪媛はおもむろに、眉娘の長い前髪をさっとかき上げた。

「──！」

右のこめかみから目の周囲まで続く瘢痕《はんこん》。これさえなければ、誰からも器量よしと呼ばれたであろう美しい顔立ちだった。

眉娘は反射的に雪媛の手を払いのける。しかしすぐに、さっと青ざめた。

「も、申し訳ありません」

「……ここへお座り」

明かりの傍《そば》に呼ばれ、眉娘は言われるがまま椅子に座った。

「あの……」

雪媛は化粧箱を持ち出して、白粉《おしろい》を手に取った。

「しばらく目を閉じておいで」

「え……」

「いいから」

雪媛が再び眉娘の髪をかき上げたので、眉娘はびくりとした。しかしその後はされるがままになって、口を閉じた。

雪媛はその顔にまんべんなく白粉をはたくと、唇には紅を引いてやった。さらに辰砂《しんしゃ》を筆に取ると、彼女の斑《まだら》な瘢痕の上に色を重ねていく。

「目を開けて」

恐る恐る目を開いた眉娘は、差し出された鏡を戸惑うように覗いた。

そうして絶句する。

右の額《ひたい》から目元にかけてちりばめられた、いくつもの花びらのような赤の花鈿《かでん》。顔の中に花房が下がり、それが彼女の心に暗い翳《かげ》を落としているであろう瘢痕を隠している。反対の左頰《ほお》には、風に揺らいで舞うような花が一輪だけ描かれていた。

「よい出来だ。元がいい」

雪媛はそう言って、顔が見えるよう眉娘の髪を後ろでまとめてやる。

芝居の主人公、花嫁役をもらったということからも、かつての眉娘が里の中でも美しい少女として扱われていたことが窺えた。それがこうして容色を損《そこ》なってからは、それまでのやっかみも含めて周囲から疎《うと》まれてきたのだろう。

花鈿は、もともと、ある公主《こうしゅ》が病《やまい》にかかり顔に残った痕を隠すために始まったという。こうして見れば、なるほどと思う。

「あの……どうしてこんな……」

「これからここで宴を催す。女は華やかに装うものだ」

「う、宴？」

雪媛は櫃の中から披帛《ひはく》を取り出しふわりと羽織った。

「さぁ、行くぞ」

眉娘を連れて外に出ると、燗流が相変わらずののんびりした口調で、

「おー、別嬪《べっぴん》さんだな」

と率直な感想を述べた。

眉娘は少し怖じ気《おけ》づいたように俯く。化粧をしたとはいえ、顔を晒すのは随分と久しぶりなのだろうし、抵抗感もあるだろう。

「ここには私と燗流しかいない」

雪媛は言った。

「安心して顔を上げていなさい」

「あの、お化粧したの、初めてで……なんだか知らない人になったみたい」

「大した美人だ、間違いない。――燗流、酒を」

「はーい」

先ほど、宴の会場からこっそりと失敬してきた酒壺を抱えてくる。

「えっ、お酒ですか」

驚いている眉娘をよそに、雪媛は碗に注いだ。先日荒らされたせいで、どれも欠けた碗だ。酒杯などここにはないので仕方がない。

三人分注いで、眉娘と燗流に手渡す。

「提灯《ちょうちん》の明かりも楽の音《ね》もないが、今宵《こよい》は綺麗な月の晩だ。三人だけの宴には十分だろう」

空を仰ぐと、つられるように二人も視線を天に向けた。

碗を高く掲げて、ぐいとあおる。

いただきます、と燗流も一気に飲み干した。眉娘は少し躊躇《ちゅうちょ》して、やがてこくりと一口流し込んだ。

「このあたりの祭りって初めて見たけど、耀歌《かがい》ってどこでもやってるものなんだなぁ」

燗流が思い出したように言った。耀歌、という言葉に眉娘が複雑そうな表情を浮かべる。

「そう、ですね。あのお祭りは昔からあるみたいで……。昔、このあたりは川がよく氾濫《はんらん》して大変だったようなんです。竜神のお話はその治水の言い伝えを表しているんだと聞きました。それで、『竜神様の嫁取り』にあやかって、川辺で出会う男女には幸福が訪れると言われていて、いつも、祭りの夜には嬥歌が」

「氾濫って、この川が？」

燗流は谷間を流れる川を指した。

「向こうにもっと大きな水源があって、それが麓のあたりで合流するんですよ。それで水量が増して……」

「へー、そうなんだ。俺このあたりって、この谷以外ほとんど知らないからなぁ」

「燗流さん、出身はどこなんですか？　このあたりの人じゃないですよね」

「生まれは温州《おんしゅう》。反州《たん》に来たのは半年前」

「どうして反州に？」

「飛ばされたんだよねー、上官の奥さんに手を出したってことで」

「えっ」

眉娘が若干軽蔑《じゃっかんけいべつ》するような視線を向けてきたので、燗流は慌てて否定した。

「いやいや、違うからね。やってないから。俺の同期がその奥さんとねんごろになっちゃって。で、上官にばれそうになった時に間男は自分じゃないって言いだして、じゃあ誰なんだって話で、俺の名前を出されて……」

まいったまいった、とまいってなさそうな声を上げる。

「こっちに来てからも上官の女に手を出した間男ってことで変に名が通っちゃって、居心地悪いよー」

「それでこんな僻地《へきち》で、罪人の見張り番を押しつけられたというわけか」

雪媛が面白そうに言った。

「まぁ、こういうのいつものことなんでいいですけどね。無病息災だし……蜂には刺されるけど……熊にも襲われるけど……」

途端に手にしていたひび入りの碗がぴしりと音を立ててまっ二つに割れ、入っていた酒が滴《したた》り落ちる。

雪媛と眉娘の碗を見比べ、燗流はため息をついてびしょびしょに濡れた手を振った。

「三分の一の確率……」

地面に散らばった破片を、眉娘が呆気《あっけ》に取られて眺めた。

「燗流さんは昔からそういう……質《たち》なんですか？　その、なんというか、運が悪いというか、不運に巡り合いやすいというか……」

「そうねー……生まれた時からだね」

これ以上碗はないので、半分になった碗の片割れで直接酒壺から酒をすくって飲み始める。

「生まれた瞬間からそう。俺を産んだ直後に、母親は死んだ」

「……え」

「さすがに母親には申し訳ないなーと思うよね。命懸《が》けで産んだ子がこれだし。それで親父は俺をずっと恨んでるから当たりきついしね」

ひどく淡々とした口調だった。

「兄貴も……ああ、五つ上の兄がいるんだけど、まだ小さかったのに母親がいなくなって寂しかっただろうから、兄貴にも申し訳ないなーと思う。悪いことが自分に降りかかるだけならいいけど、周りを巻き込むのはやっぱり嫌だよねぇ」

表情はいつもと変わらない。運命として受け入れている、という風情《ふぜい》だった。

それでも燗流の目が少し、暗い色を灯《とも》したように雪媛には思えた。

「……お、お母さんが亡くなったのは、燗流さんとは関係ないですよ！　そういうことはあるんです。誰のせいでもありません！」

眉娘が拳を握りしめて言った。泣きそうになるのを堪《こら》えているのがわかった。

それに気づいた燗流が慌てて、

「お、おお。そうだな、そうだそうだ！　俺のせいじゃないな、うん！」

と宥《なだ》めるように肯定してやる。

眉娘は少し洟をすすって、泣くまいとするように顔を上げる。

「私、二年前に疱瘡《ほうそう》にかかって……この顔の痕はその時のものです」

顔の痕について彼女が言及するのは、これが初めてだった。自らその話を始めた眉娘に雪媛は少し驚く。

「両親も同じ病気にかかって、二人は死んでしまったけど私は生き残りました。症状も私だけ軽かったんです。最初はどうして私だけ生き残ってしまったんだろうと思いました。叔父《おじ》の家に引き取られたけど、いつも邪魔者扱いです。それに顔にこんなふうに痕が残って、仲の良かった友達も皆、顔を背《そむ》けました。もう嫁の貰《もら》い手もないって叔母《おば》にも言われて……」

でも、と眉娘は言った。

「生き延びたから、また好きな絵が描けます。それに、顔の痕がこの程度で済んでよかったです。顔中や体中に広がっていたらもっと悲惨だったし、私はすごく運がよかったって思いました」

眉娘は自分に言い聞かせているようだった。

「ここでのお役目は、本当は私じゃなくて別の子になるはずだったんです。でもその子の親が反対して。あの……罪人……のお世話というのはあまり、その……」

雪媛に対して言いづらそうにする眉娘に、構わない、と続きを促す。

「他の人から見れば、私は押しつけられてここに来ているわけですけど、私はこのお役目をもらえてよかったと思っています。だってここへ来たから、お二人に会えたわけで……」

だから、と眉娘は言った。

「あの、燗流さんは運悪くここへやってきたと思っているでしょうけど……でも、嘘をついたその同期の方のお陰で私は今、こうしてお二人とお酒を飲めているわけで、その……私はとても今……嬉しいです」

声がだんだん萎《しぼ》んでいった。

「だから、その……悪いことばかりじゃない、というか……」

うまく言葉にできず、もどかしそうに眉娘は手にした碗を何度も握りしめた。

「燗流さんが無事に生まれて、蜂に刺されても馬にはねられても捕まったりしても今は元気で生きていて……それはとても、とても幸運なことです。燗流さんにとっても、周りの人にとっても」

そうでしょう？　と言うように同意を求めて、雪媛に視線を送る。

「……そうだな」

雪媛は小さく答えた。

「お前のお陰で、私も助けられた」

燗流はしばらく何も言わなかった。やがてぐい、と酒をあおった。

「…………うん」

小さく頷いて笑った。

「二年前に眉娘が死ななくて、よかったよ」

眉娘は目を瞬《まばた》かせる。

「え――」

「皆にとって幸運だった。ね、皇后様――じゃない、えーと、雪媛様」

眉娘が少し気恥ずかしそうに頬を染める。

(幸運――)

「……そうだな」

雪媛は、眉娘と燗流をじっと見つめた。この二人がこうして自分の目の前にいるということを、不思議に思う。

「…………宴には、やはり余興が必要だな」

雪媛が唐突に言った。

「燗流、何か芸でも持っているか」

「ふぇっ？　俺ですか？」

「籤《くじ》で絶対に当たりを引けないなんて芸は認めないぞ」

「芸じゃないですよそれ」

雪媛は立ち上がると、手にした披帛にふわりと風を含ませ広げた。

「――ではまず、手本を見せてやろう」

そう言って、ゆるりと体をしならせた。

謡《うたい》を口ずさみつつ、披帛をひらひらと翻《ひるがえ》しながら舞い始める。

二人の視線がぴたりと自分に吸いつくのがわかった。指先まで神経を研ぎ澄ます。風を纏い、地から浮揚するような解放感。体の端々まで、不思議と生気が漲《みなぎ》ってくる。湧き上がる高揚感が心地よい。

見とれるように雪媛を見つめていた眉娘の手を引いた。

「えっ、えっ？」

戸惑う眉娘の体をくるくると回してやる。

「わ、わ」

目を回す眉娘に、燗流が笑い声を立てた。

夜の闇の中、仄《ほの》かに月光に照らされる眉娘の面《おもて》は、真実美しかった。

「私は……」

舞を終えると、雪媛は静かに言った。

「お前たちのような国を作りたい」

二人はきょとんとした表情を浮かべた。

雪媛は空を見上げた。

月が浮かんでいる。玉瑛が殺された時と同じように。

しかし今、その鱗粉《りんぷん》のように降り注ぐ柔らかな光は、温かさすら感じた。

六章

寝台の上で、碧成《へきせい》はじりじりと人を待っていた。呼び出したのは朝だというのに、昼を過ぎても相手はやってこない。

起き上がろうとする碧成を侍従《じじゅう》たちが慌《あわ》てて止める。

「陛下、なりません。まだお体が……」

「独護堅《どくごけん》はまだ来ぬのか！　余をどれだけ待たせるつもりだ！」

「――陛下、独護堅様がいらっしゃいました」

声がして、碧成は顔を上げる。

しずしずと寝室へ入ってきた独護堅は、丁寧《ていねい》に跪拝《きはい》した。

「陛下、遅くなり申し訳ございません」

碧成は脇にあった水差しを手に取ると、護堅に向かって投げつけた。水差しは床に当たって音を立てて砕け、水が弾《はじ》け飛ぶ。侍従たちが青ざめて顔を見合わせた。

護堅は何も言わず、深々と頭を下げる。

「何故《なにゆえ》……余に断りもなく雪媛《せつえん》を廃位になど！　しかも流刑《るけい》とは……！」

「陛下、これは法に則《のっと》った適切な対応でございました。陛下は臥《ふ》せっておられ――」

「余の皇后《こうごう》だ……余の妻であるぞ！」

「ですが、罪人でございます！」

護堅は語気を強めた。

「賢妃《けんひ》様の、そして陛下の御子を手にかけた重罪人です！」

「雪媛ではない……そんなはずがない！」

「本人が自白したのです、陛下。御子を呪い殺したと、自《みずか》らの口で証言したのです！　間違いございません」

「…………！」

碧成は息が上がり、起こした上体を丸めた。

「陛下！　どうか横に――」

侍従が伸ばした手を払いのける。

「よい！　……大事ない」

「陛下。賢妃様は御子を亡くして以来気力を失っておられます。夜な夜な子を求めて裸足《はだし》で後宮《こうきゅう》を彷徨《さまよ》い歩き、食欲もなく臥せって……私は父として、あのような姿を見ておられません！」

護堅は悲痛な表情を浮かべた。

最後に見た芙蓉《ふよう》の様子を、碧成は思い起こす。あんなにも打ちひしがれた彼女の姿は初めてで、衝撃を受けた。

「柳《りゅう》雪媛は確かに陛下の妻でありました。しかし、賢妃様も陛下の妻でございます！　どうか、賢妃様の傷ついたお心も慮《おもんぱか》ってくださいませ！」

碧成は俯《うつむ》き、頭を抱えた。

「本当に……本当に雪媛がそう言ったのか。あの雪媛が……」

「陛下のご寵愛《ちょうあい》を賜《たまわ》りながら懐妊できぬことに焦《あせ》りを感じていたのでしょう。不妊効果のある薬まで隠し持っておりました。他の妃《きさき》たちに密かに飲ませていたようです。自分より先に身籠《みご》った賢妃様を許せなかったに違いありません」

「そんな……」

子が欲しいと泣いていた雪媛。思い悩ませ追い詰めていたのは自分だろうか。

――陛下……どうして坊やを守ってくださらなかったの……。

芙蓉が譫言《うわごと》のように呟《つぶや》いていた言葉が、胸に突き刺さる。

「……芙蓉は、今どうしている」

「昨夜も眠れなかったようで、先ほど薬を処方しました。今頃はお休みになっているかと」

侍従の手を借りて寝台を下りようとすると、護堅が止めに入った。

「陛下、まだ動かれては……」

「永楽殿《えいらくでん》へ、少し様子を見に行くだけだ」

「陛下……」

「輿《こし》を用意せよ」

永楽殿はいつになく静かだった。迎える宮女たちの表情も暗い。

薄絹の帳《とばり》の向こうに、すっかりやつれた芙蓉が横たわっていた。薬で眠っているのだろうか、寝息すら聞こえない。

見ればその手には産着《うぶぎ》が握られている。自分で縫ったものだろう、作りかけだった。

「芙蓉……」

碧成はそっと帳を上げて傍《かたわ》らに寄り添うと、彼女の細い手に自らの手を重ねた。

きつく握りしめられた指を少しずつ解いて、産着をそっと引き抜くと、碧成はそれを手に寝室を出た。供の侍従に声をかける。

「……平隴《へいろう》を都へ呼び戻せ」

「公主《こうしゆ》様を、でございますか？」

「ああ。娘に会えれば、芙蓉にとって多少なりとも救いになるだろう」

「承知いたしました」

輿に揺られて自らの居所《きよしよ》に戻ると、碧成は再び床《とこ》につき「少し眠る」と言って侍従たちを部屋から出した。

（雪媛……）

「――ふふっ」

思わず、小さく笑い声が漏《も》れた。

死んだ子のことを想うと悲しい。芙蓉は憐《あわ》れで見ていられない。

だが碧成は、充足感が体に漲《みなぎ》るのを感じていた。

（雪媛はそれほどにも、余を愛しているのだ……！）

父の妃であった雪媛。

手に入れたはずなのに、いつもどこか、その瞳は自分に向いていないような気がしていた。

まだ父を想っているのではないかと不安だった。自分より男ぶりのよい者に目移りするのではないかと不安で、雪媛の傍《そば》にいる青嘉《せいか》に嫉妬《しつと》もした。

子ができないことも、本当はそれほど気にしていないのかもしれない、とさえ思っていたのだ。

（他の妃たちに薬を盛って……神女としての力を使ってまで芙蓉の子を……？）

そこまでして、碧成の寵姫の座を確固たるものにしたかったのだ。

「ふ……ふふ……っ」

両手で喜色を浮かべた顔を隠すように覆《おお》い、体を丸めながら、碧成は密やかに笑い続けた。


太鼓の音が響き、鐘が鳴る。

飛蓮《ひれん》は帳を少し上げ、馬車の中から外の様子に目を向けた。歓声が上がっている。

人だかりの向こうで披露《ひろう》されているのは、かつて彼が一員だった劇団の舞台だった。

「ああ、柳雪媛め、わらわの子をよくも……！」

女形役者が打ちひしがれた様子で膝《ひざ》をつく。皇帝役の役者である暁道《ぎょうどう》が、その肩に手を置いて慰《なぐさ》める素振りを見せた。

「なんということだ！　ああ芙蓉よ、すまぬ」

「陛下……！」

　ひしと二人は抱き合う。

「──柳雪媛は皇后の地位を廃し、極刑に処する！」

　皇帝がそう高らかに宣言すると、雪媛役の女形が現れて皇帝の足元にひれ伏し縋《すが》りつく。

　袖《そで》で顔を覆いながら、さめざめと哀願を始めた。

「陛下、わたくしではございません！　どうか……」

「余の情けじゃ！」

　そう言うや否《いな》や、皇帝は剣を抜き、雪媛の胸に突き立てた。

「陛下……！」

　雪媛は悲鳴を上げてぱたりと息絶える。

　観客からわっと歓声が上がった。

「……出せ」

　飛蓮は馭者《ぎよしや》に命じた。

「あんな劇やってるなんて……座長たちも変わり身が早いなぁ」

　隣に座っていた柏林《はくりん》が口を尖《とが》らせた。

　飛蓮が呉月怜《ごげつれい》としての存在を消すと決めた時、柏林もともに劇団を辞《や》めた。最初は司《し》家の屋敷で客として迎えたものの、これまでの癖《くせ》で何かと飛蓮の世話を焼き、今では家令《かれい》のごとく動き回って屋敷を取り仕切っている。

「この間まで雪媛様のことを礼賛《らいさん》するようなのばっかりやってたのに」

「今はあの内容のほうが客に受けるってことだ」

けっ、と飛蓮は不愉快そうに言った。

劇の中では、現実と違って雪媛が死罪ということになっているのも気に食わない。それを喜ぶ観衆も。

つまり、そうするべきだ、と皆が思っているのだ。

「雪媛様、大丈夫だよね」

柏林が不安そうに呟いた。

「殺されたりしないよね……？」

大丈夫だ、というようにぽんと柏林の頭を叩きながら、飛蓮は江良《こうりょう》の家で聞いた話を思い出していた。雪媛の母親の屋敷が襲われたという。江良はあの後すぐに、屋敷のある大《たい》月《げつ》へと向かった。その後連絡はまだない。

（無事だといいが……）

外から騒がしい声が聞こえた。

見れば、ある屋敷の前に人々がたむろしている。

（あれは……）

ひと際《きわ》大きく豪奢《ごうしゃ》な御殿。柳家の本宅だった。

「投げろ投げろ」

石が飛んでいる。門を入ろうとしている初老の男に向かって、周囲の人々が投石したり、罵声《ばせい》を浴びせたりしているのだ。怯《おび》えた様子の男は柳一族の者だろうか、両手で頭を庇《かば》っている。屋敷から数人の男たちが出てきて、彼を抱えるように中に引き込んだ。民衆たちはその隙《すき》に中へ入り込もうと押し寄せ、叫び声が上がった。

「この国から出ていけ！」

「罪人どもめ！」

恐怖に引きつった顔で下男が門をなんとか閉めた。人々は収まらず、激しく門扉《もんぴ》を叩いて声を上げている。

柏林はその様子に言葉を失っている。

飛蓮は唇を噛んだ。

柳一族の周辺がこうならば、雪媛本人の身も危ういのかもしれなかった。

夏の気配を感じたのもつかの間、このところ雨ばかりが続く。

雨漏《あまも》りのする番小屋から逃れてきた燗流《かんる》も交え、眉娘《びじょう》とともに三人で一つ屋根の下、時間を過ごすことが増えた。

眉娘は仕事を終えると絵を描いたり、山で見つけた植物や石などから染料を作っていた。

「お寺の御堂に、見事な仏画があるんです。和尚様《おしょう》が見せてくださるんですけど、あんなふうにいくつもの色を重ねてみたいなぁって」

燗流は欠けた碗を頭に乗せて、うつらうつらとしていた。

番小屋が雨漏りする、とこちらへ来ているのだが、燗流が座った場所が新たにどんどん雨漏りし始めた。移動すると、今度はそちらも雨漏りし始める。それを見て、避けることを諦《あきら》めて自分の頭の上に碗を乗せたのだった。

ぴちゃんぴちゃんと、雨水が碗に落ちて弾かれる音が響く。

谷間を流れる川は日頃は穏やかだが、この長雨で随分と嵩《かさ》が増し、音を立てているのが聞こえてきた。

雪媛はほつれた衣《ころも》を縫い直していた。ふと顔を上げると眉娘と視線がかち合う。

「あっ……すみません」

慌てて俯く。相変わらず長い前髪で顔を隠してはいたが、以前に比べれば随分と顔を上げて話ができるようになってきたと思う。

「何を描いてるの？」

「え……あの、えーと」

すると燗流がひょいと眉娘の手元を覗《のぞ》き込んだ。

「これ雪媛様？」

「――っ！」

驚いた眉娘は、這《は》いつくばるようにして絵を隠した。

「み、見ないでください！」

ちらちらと雪媛の様子を窺《うかが》う。

「私の絵？」

雪媛は興味の色を浮かべる。

「あの、すみません、その……勝手に……」

「見ても？」

「ええっ！　いえ、あの、人はあまり描いたことがなくて……お見せできるようなものでは……」

「えー、いい感じだと思うけど」

盗み見た燗流が言った。

「いえ、これはちょっと……」

「そうか」

雪媛は縫い終わった針を箱にしまった。

「なら、納得のいくものが描けたら、見せてちょうだい」

「は、はい」

午後になると久しぶりに雨が上がった。

外に出て空気を吸い込む。やはり川は増水し、泥混じりの濁った水が流れている。

「燗流、少し散歩がしたい。ついてこい」

「……あまり遠くには」

「わかっている」

川沿いにゆっくりと下っていく。

下流になるにつれ、水の勢いは増していた。里へ繋《つな》がる橋のたもとまでやってくると、明らかに水嵩が増していた。

堤《つつみ》に沿って歩いていくと、途中流れが二股になっている場所に出た。

「そろそろ戻りませんか？　うろうろしているのが見つかったら……」

燗流が周囲を警戒するように言った。途端に、「うっ」とうめき声を上げる。

「どうした？」

「あー、あー、えーと、俺ここから離れます……」

「燗流？」

言うや否やぱっと燗流は駆けだした。途端にぶんと音を立てて耳元を何かが通り過ぎていく。黒い靄《もや》のようなそれは、蜂の大群だった。燗流の背中を追うように飛んでいく。

雪媛は頭上を仰いだ。高い木の上に、大きな蜂の巣が見える。

（ここでもか……）

「――おい、あれ」

その時、鍬《くわ》を持った男が二人、対岸に姿を現してこちらを指さした。

雪媛はさっと身を翻《ひるがえ》した。見つかっては面倒だ。そのまま山道へと分け入り、谷へと戻った。

それからも時折、雪媛はこっそりと山を下りては川の周囲を歩き回った。

「……先日の祭りは、元はすべてが治水に関するものなのだろうな」

ある日、雪媛に言われて眉娘は首を傾《かし》げた。

「え？」

「川沿いを人々が歌い踊りながら練り歩くのだったな？」

「ええ、そうですけど」

「そうして大人数で堤を踏み固めて、毎年補強する……というのが本来の主旨《しゅし》だろう」

眉娘はぽかん、とした。

「え？」

「『竜神様の嫁取り』の内容が治水を表すと言っていただろう。祭り全体が、そういう役割を担《にな》っていたのだろうが、年月が経《た》つうちに本質的な部分が忘れられたようだな」

そう言って雪媛は、一枚の紙を見せた。

それは雪媛が描いた、このあたりの地形を記した地図だった。

「私たちがいるのはここ。下流で二つの流れが合流しているのがここだ。その後、合流した流れは再び二つに分かれ、さらにそれがまた二つに分かれている。二股になっている場所には人工の石堤《せきてい》が築かれていた。ここで流れを分断して、勢いを削《そ》ぐようになっている。他にも、川の勢いを調整するために置かれたと思われる岩もあった。そうして流れてきた水を受け止める堤がここに続く……」

雪媛の指が差し示す流れを、眉娘と燗流は目で追った。

「これらのお陰で、川が増水しても集落が水没せずに済んでいるというわけだ」

「へぇ……知りませんでした」

「ただ……」

雪媛はある一点を指した。

「ここで二股に分断する石堤が、随分と劣化して崩れかけている。ここが崩れれば、水が一気に押し寄せてくる可能性がある。最近の長雨で水嵩は増しているし……」

それに、と雪媛は燗流に目を向けた。

「燗流が散々追い回されたあの蜂だが……蜂の巣が随分と高い場所に作られていた。里に下りた時に見た他の巣も同じだ。蜂は本能でその年の雨の量を知っているという。彼らが高い位置に巣を作った年は、水害が起きる可能性も高い」

「じゃあ、堤を修復しないといけないですね」

燗流が言った。

「人手が必要だ。役所が動かなければ……」

雪媛は考え込み、また筆を取った。

件《くだん》の査察官が谷へやってきたのは、宣言通りあれからひと月後のことだった。

傘を差しながら足元を濡らしてやってきた男の姿を見て、雨の中ご苦労なことだな、と雪媛は思った。

小屋にずかずかと踏み込んでくると、雪媛をじろりと睨《にら》みつけてくる。

「――里の者から、罪人がたびたび麓《ふもと》へ下りているという話を聞いた。これは真か」

査察官は憫流に問い質《ただ》した。

「ええー？　さぁ、見間違いじゃないですかねぇ。ね、先輩？」

すっとぼけた返事をしながら、またも今日だけやってきたもう一人の見張り兵に水を向けた。

「そ、そうですとも！　我々がしっかり見張っておりますので、罪人はここから一歩も出ておりません！」

自分の落ち度にされたくないので、必死になって言い募《つの》っている。

「そこの娘、本当のことを言え。罪人が好きに出歩いているのではないか？」

問い詰められた眉娘はびくりとしたが、ふるふると頭を横に振った。

「い、いいえ、ずっとここに……」

雪媛は一通の封書を差し出した。

「？　なんですかこれは」

「刺史《しし》殿へ渡してほしい」

「この長雨で、この付近で川が氾濫《はんらん》する可能性が高い。早急《さっきゅう》に堤の補強と、それから状況によっては里の者全員を避難させる必要がある。ここにその論拠と、それから具体的な施策を記しておいた」

「何ですと？」

この男にこれを託すのは甚《はなは》だ気が進まなかった。しかし、今の雪媛には他に伝手《つて》などないのだった。

「……ふん、また神女ごっこですかな？」

査察官は鼻で笑った。

「そうやって人心を惑わし、恐れ多くも陛下すら惑わしてきたのでしょうが、その手には乗りませんぞ」

「渡すだけでよい。あとは刺史殿が判断するだろう」

ぐっと押しつける。

すると査察官は、少し思案するそぶりを見せた。

「ただで罪人の言うことなど聞くわけには、いきませんなぁ」

「何が望みだ」

眉娘がはらはらした様子で雪媛を見ている。

「……人にものを頼むには、それなりの態度というものがあるのでは？」

にやにやと笑みを浮かべる男を前に、すっと膝をついた。

「──お願いいたします」

跪拝すると、男は不満そうにため息をついた。

「それだけですか？」

「………………」

雪媛は額《ひたい》を土間の地面につけ、叩頭《こうとう》した。

「……どうか、お願いいたします」

笑い声が上がった。

元皇后であった女が跪《ひざまず》いて頭を下げているのだ。下級役人である彼からすればさぞ自尊心がくすぐられただろう。

「わかりました、渡しておきましょう。──ああ、ただし私がこの谷を去るまで、外で見送っていただきましょうか。頭は下げたままでね」

外は雨が降り続いていた。地面は泥濘《でいねい》と化している。

雪媛は何も言わず小屋の前で膝をつき、額突《ぬかず》いた。膝も手も顔も、ぐしゃりと泥にまみれる。

「ではまた、ひと月後に」

愉快そうな声。気配が遠ざかっていく。

ぬかるんだ道を歩く足音が聞こえなくなるまで、雪媛は地に伏せたままじっと耐えた。

やがて、ずぶ濡れになった雪媛の体を起こす者があった。

「……もう行きました」

眉娘だった。

酷《ひど》く悔しそうな顔をしていたので、雪媛は苦笑した。

「お前が頭を下げたんじゃないぞ」

「……そうですが……ここまでしなくても……」

そう言いながら、雪媛の顔についた泥を拭《ぬぐ》う。

「あれで話が通るなら構わない」

「でも……」

「私の推論が外れれば、そのほうがいい。……里に戻ったら、いつでも避難できる準備だけはしておくよう周りに伝えなさい。できれば里長《りちょう》殿に」

「は、はい……」

「ただ、川沿いにある崖の上に逃げるのは駄目だ。あそこは雨のせいで崩れる危険性がある。反対側に丘があるだろう。遠目に見たところ、寺があると思うが。そこがいい」

　眉娘が黙り込む。

「どうした」

「……私が言っても、皆が聞いてくれるかどうか……」

「寺の和尚さんは？　絵を見せてくれるくらいだから、それなりに話のできる相手なんじゃないの。寺を避難場所に貸してほしいしね」

　燗流が言った。

「そ、そうですね。話してみます。……あの、脱いでください。濡れたままだと風邪《かぜ》をひきます。洗っておきますから」

　雪媛が服を脱ぎ始めたので、燗流は慌てて背中を向けた。

　それからしばらくして、雨は小降りになり、川の増水は徐々に治まる気配を見せた。

　堤の補修をするなら今のうちだというのに、幾日経ってもそれらしい動きはまるでなかった。


　この戦《いくさ》で、高葉国《こうようこく》は滅びる。

青嘉はそれを知っていた。そうしてここから、瑞燕《ずいえん》国は五国統一に向けてさらに攻勢を強めていくことになる。一度目の人生——雪媛のいない世界で、すでに体験したことだ。

青嘉の記憶ではこの戦争において、都の手前、最後の防衛線での戦いが一番熾烈《しれつ》だった。

（これほど順調に攻略が進んだのは、高葉国最後の守護神と呼ばれた何《か》将軍が皇子たちの皇位争いの中で投獄されていたからだったはず。それが最後の最後に、都に迫った我々を見て焦った高葉国軍は何将軍を釈放し、ぶつけてきた……そろそろだろう）

自軍が危うい事態もあったし、この戦で命を落とした者も多かった。だが青嘉は、それを未然に防ごうとは思っていなかった。

今の自分であれば戦況を有利に運び、もっと早く、そして被害を最小限にして戦を終結させることもできるだろう。だがいずれにしろ、結果的には勝利する戦だ。中途半端に歴史を変えれば、後々どんな影響があるか知れない。

（何がどう影響するかわからない。志宝《しほう》のように――）

落馬した甥《おい》の志宝は、足に重大な怪我《けが》を負った。もう二度と、自分の足で庭を駆け回ることはできないだろう。自分の怪我がどれほどのものか知ってからというもの、志宝は周囲に当たり散らし、無理に歩こうとしては倒れ、泣いた。やがてひどく気鬱《きうつ》になり、ほとんど部屋から出なくなった。

「……騒がしいやき」

馬の世話をしていた瑯《ろう》が、ぴくりと顔を上げた。

「どうした？」

「向こうのほうで、なんか……」

瑯は耳を澄ませる。青嘉には何も聞こえない。瑯の耳は常人離れしているから確かに何かを聞き取っているのだろうと、周囲を見回した。

ここからはだいぶ離れた小高い丘の上に敷かれた陣のあたりで、人が慌ただしく動いている。

「――本営のほうで何かあったのかな」

潼雲《どううん》もそれを眺めて言った。

「ちょっと見てくる」

青嘉が言うと、潼雲が反射的に飛びついてきた。

「お前ぇ～、またどうせ迷うんだろうが！　俺も行く！」

「見える場所に行くんだ、迷わない」

「説得力がない！」

「青嘉、潼雲と一緒に行っとおせ」

卿が言った。

「そのほうが安心なが」

「ほら見ろ、卿までこう言ってる！」

「青嘉がいなくなると、潼雲が落ち着かんからな」

「…………！」

潼雲が口をぱくぱくさせた。

「お前っ、なんかその言い方、やだ！」

「？」

結局二人して連れ立っていくと、ちょうど本営の幕舎から出てきた光庭《こうてい》に出くわした。

光庭は青嘉の顔を見ると、嫌な笑みを浮かべた。

「ああ、青嘉。お前も大変だな。後ろ盾《だて》を失って」

「……どういうことだ？」

青嘉が問う。

「なんだ、まだ知らないのか？　──柳皇后が失脚したのさ。反州《たんしゅう》へ流された」

「──え!?」

潼雲が声を上げた。

「呪いで独賢妃を流産させた罪でな。皇后の地位も剝奪《はくだつ》されたそうだ。飛ぶ鳥を落とす勢いだった柳一族もこれで終わりだな」

「雪媛様が……!?　そんな、馬鹿な……」

動揺している潼雲をその場に置いて、青嘉は幕舎へと駆け込んだ。

「洪《こう》将軍！」

父の友人でもある洪将軍は、周囲にいた参謀たちを下がらせる。

「青嘉」

「先ほど光庭から聞きました。柳皇后様が流刑になったというのは真ですか」

「そのようだ。しかも陛下は御子を失われた衝撃で倒れられ、床に臥しておられる。……背後が騒がしくなってきた。このようなことが敵に知れればどうなるか。兵たちを動揺させぬためにも、この話は一部の者しか知らぬ」

（独芙蓉の子を……？　確かに尚宇《しょうう》が早く始末しろと主張していたが、雪媛様は……）

手を下さないのではないか、と青嘉は思っていた。

そしてもし雪媛が手を下すとしても、それが明るみに出て断罪されるような悪手は打たないはずだった。もしも雪媛の意志に関わらず尚宇が裏で手を回したとしても、同様だ。

「このことが敵に知られる前に、都を落とす。明日打って出るぞ。準備しておけ」

青嘉は拳を握りしめる。

歴史を変えれば、どんな影響があるかわからない。志宝のように。

一瞬、青嘉は恐れを感じた。

泣き喚《わめ》く珠麗《しゅれい》の姿。打ちひしがれた志宝の、最後に見た小さな背中――。

(それでも――)

「――将軍！」

青嘉は洪将軍を呼び止める。

「……俺に、策があります。聞いていただけますか」

「策？」

「ええ。三日で――都を攻め落としてみせます」

青嘉は幕舎を出ると、待っていた潼雲に声をかけた。

「すぐに出陣だ！」

「ええ？」

「都を攻める。卿には夜襲の準備をさせろ！」

「おい、青嘉。どうしたんだいきなり？」

「何将軍が出てくる前にすべて終わらせるぞ！　潼雲、お前はすぐに南の食游《しょくゆう》へ向かえ！」

「はぁ？　なんで……」

「そこから援軍が来るから、必ず足止めしろ！」

　潼雲は怪訝《けげん》な顔になる。

「……？　何故《なぜ》そんなことがわかる」

「──戦へ出る前に、雪媛様にお告げをいただいた」

　そう言うしかない。

「一気に攻める！　時間がない、急げ！」

　青嘉は声を張り上げた。

「瑞燕国に戻る──すぐにだ。この戦、早急に終わらせるぞ！」


　再び雨が強く降る日が続いた。

　川の水嵩はみるみる増していく。雪媛はその様子をじっと見守っていた。

「皆に言うには、言ったんですけど……」

　眉娘は肩を落とした。

「里長には、そんなに心配することじゃないって笑われました。毎年雨が降って川は増水するけど、溢《あふ》れたことはないって。お年寄りも皆、大丈夫って言うんです。竜神様が守ってくれてるんだから、って……」

「竜神様ね……」

雪媛はため息をついた。

「里を守っているのは堤だ。竜神ではなく先人たちの知恵の賜物《たまもの》。しかし壊れかけている……」

「寺の和尚さんは?」

燗流が尋ねる。

「備えはしておくと仰《おつしや》ってくださいました。皆にも声はかけると……。叔父《おじ》と叔母《おば》にも話したんですけど、いつも問題ないから今年も大丈夫だろうって。和尚様が話しても、皆なんとなく聞き流しているだけで……」

でも、と眉娘が言った。

「今朝、川の水はもう橋の高さに迫る勢いでした。心配で……」

雪媛は空を見上げた。厚い雲に覆われ、昼間だというのにひどく暗い。帳のように雨が降り注ぎ、世界が薄墨で覆われたようだ。

「お役人が指示してくだされば、また違うのでしょうけど……。あの人、雪媛様の意見書を本当に州刺史様に渡してくれたんでしょうか。なんの音沙汰《おとさた》もありませんが……」

眉娘が疑わしそうに言った。

渡さず捨てられた可能性は大いにある、と雪媛は思っていた。もし渡されて読まれたとしても、その意見が採用されるとも限らない。

一度だけ会った反州刺史の顔を思い出す。できる限り厄介ごとには関わりたくない、という気持ちが滲《にじ》み出ていた。罪人の言葉だからと捨て置かれている可能性は高い。

「……眉娘、里長殿のもとへ案内してくれるか」

「え？」

「燗流、私は山を下りる。お前はどうする」

「どうする、って……」

「話が終わればすぐに戻るつもりだが、うまくいくかわからない。いずれにしろ、里長に会えば私がここを勝手に出たと露見する。見張りであるお前に咎《とが》めがいくかもしれない。嫌なら今、力尽くで止めろ」

「……一緒に行きますよ。それで、ちゃんと見張ってました、と言います」

雪媛は少し笑った。

三人で山を下りたが、下れば下るほどに川の流れは激しくなっていくのがわかった。

橋を渡りながら足元を眺める。あと少し水量が増えれば、この橋も飲み込んでしまいそうだ。

「――ごめんください」

眉娘が里長の家の戸を叩く。

顔を出したのは里長の妻で、眉娘を見るとあからさまに眉をひそめた。やがて妻に呼ばれて出てきた初老の里長は、眉娘の後ろに佇《たたず》む雪媛の姿に気がつき目を剝《む》いた。

「……あんたは！　おい眉娘、どういうつもりだ！」

「その子を責めないでください。私が無理を言ってここへ連れてこさせたのだから」

「馬鹿なことを！　こんなことが知れたら、どうなると思ってる！　おい、早く連れ帰ってくれ！」

里長は燗流にそう促す。

「心配せずともすぐに戻ります。皆が避難するのを見届けられれば」

「避難？」

「この長雨で、川の水はこれまでになく増水しています。かつて造られた堤は長いこと修復がされておらず、水の流れに耐えきれない可能性が高い。すぐに皆を高台へ避難させてください」

「言われなくても危なくなれば避難するさ！　さぁもういいから、早く戻ってくれ！　万が一役人にばれれば、里の者すべてが罰せられるんだぞ！」

「すでに水位は相当に高い。今すぐ避難すべきです」

言い募る雪媛に、里長はうんざりした様子で告げた。

「ご心配いただいて恐縮ですがね、私はもう何十年もここに住んでる。あんたより、このあたりのことはよーく知ってるんだ。今までもこんなふうに雨が降って川が増水することはあったが、問題なかったんだ」

「過去無事であったことは、今日無事である証明にはなりません。何事もなければ戻ればいいだけのことです。避難をしても損になることは……」

「そんなことを言えば皆が不安になるだろう！　混乱させないでくれ、静かな里なんだから！　ただでさえ、都からの罪人なんかを押しつけられて迷惑だっていうのに……眉娘、お前もだ！　皆に洪水が起きると吹聴《ふいちょう》しているらしいが、騒がせるな！　大丈夫だと言っただろう！」

怯えたように眉娘が体を竦《すく》ませる。

「で、でも……」

「そうまでして自分に注目を集めたいのか？　お前が惨《みじ》めな思いをしているのはわかるが、

もう昔とは違うとわきまえろ」

「違……っ」

「うちの賀迅《がじん》も、縁談がまとまりそうなんだ。お前とのことはもう過去の話だ——邪魔だけはしないでくれよ」

眉娘がぎゅっと両手を握りしめて俯く。

「さぁ帰ってくれ！　そこの見張り！　連れていけ！」

燗流がどうするか、と目線を雪媛に送る。

「——お願いします」

雪媛はおもむろにその場で膝をつき、強い眼差《まなざ》しで里長を見据えた。

「私は罪人ですが、皇后となり万民の母となることを誓った言葉に、嘘はありません。——どうか、皆に避難の指示を」

近所の者たちが騒ぎを聞いて集まり始めていた。里長は頭を下げる雪媛に驚きながらも、面倒なことになった、という顔をした。

「長殿《おさどの》、何があったんですか」

「おい、あれ……例の罪人じゃ……」

「逃げてきたのか！」

「捕らえろ！　ばれたら大変だ！」

手を伸ばしてきた人々の前に燗流が立ちふさがる。しかし里の男衆たちのほうが数に勝り、力で押しのけられてしまった。

「やめてください！」

眉娘が叫んだが彼らは意に介さず、雪媛を拘束した。

里長はその様子を無言で眺めていたが、大きく息をついた。

「――ひとまず納屋《なや》に閉じ込めておけ。雨がやんだら谷へ戻す。いいか、このことは他言してはならぬぞ。罪人は里へ下りてきてはいない。こんなことが知れたら……皆破滅だ」

七章

眉娘《びじょう》は雨の中、重い足取りで家へと戻った。びしょ濡れで帰ってきた眉娘を、従姉妹《いとこ》の嬌嬌《きょうきょう》は蔑《さげす》んだ目で迎えた。

「やだ、部屋の中を水浸《みずびた》しにしないでよ」

「……ごめん」

「あーあ、雨ばっかりで嫌になる。じめじめして髪もうねるし」

「ねぇ嬌嬌、川の水がもう橋を越えそうだったわ。やっぱり皆で避難したほうが……」

「行きたけりゃ行けばいいでしょ。ついでに、そのままうちも出ていけば?」

くすくすと嬌嬌が笑う。

眉娘は自室に戻ると、荷物を整理した。荷物といっても大したものはない。死んだ両親の形見の品や雪媛《せつえん》にもらった書物、それに僅《わず》かな画材を包んでひとまとめにする。これで何かあってもすぐに持ち出せるだろう。

時間が経《た》つにつれ、屋根を打つ雨音は一層強くなっていた。

（私だけ逃げる……？　でも……）

そうすればこの家にはもう戻れないような気がした。勝手に一人で出ていったとみなされ、周りの目を気にして彼女を引き取った叔父《おじ》と叔母《おば》もいい厄介払いができたと思うだろう。何より嬌嬌がそう主張するに違いない。一人娘の嬌嬌は大層可愛がられていて、この家の中では大抵の意見が通る。

それに何より、捕らわれてしまった雪媛が気がかりだった。彼女を置いて一人で逃げるわけにはいかない。

雪媛が捕らわれた後、燗流《かんる》にどうするのかと尋《たず》ねると、

「まぁ、考える」

とだけ言ってどこかへ行ってしまった。

やがて夜が来ても、眉娘は寝間着に着替えることもせず、ずっとそわそわとしていた。こんなことをしている自分は滑稽《こっけい》なのかもしれないとも思った。結局何も起きず、やがて川の水位が下がって終わりかもしれない。

屋根を打つ雨が、痛いような音を立て続けた。

――もう昔とは違うとわきまえろ。

里長《りちょう》の言葉を思い出す。

(わかっているわ……)

——うちの賀迅《がじん》も、縁談がまとまりそうなんだ。

ぎゅっと目を瞑《つぶ》り俯《うつむ》く。

以前はいつだって、眉娘を見れば優しく微笑みかけてくれた少年。病《やまい》から回復した彼女の顔を見て、強張《こわば》った表情で目を背《そむ》けた。以来、話したこともない。

あの時から眉娘は、人の顔を見るのが怖くなった。相手が自分を見てどんなふうに感じたか、すぐにわかってしまうから。醜《みにく》い痕《あと》が人目につかぬよう髪で隠しながら、人と目を合わせぬように下を向いた。

罪人の世話をするようにと命じられた時も、決して相手の顔は見ないようにしようと思った。都からやってくる、元皇后《こうごう》だという高貴な女性。こんな醜い娘など見たこともないに違いない。

だが世話するうち、やがて気づいた。その女性は目の前の眉娘どころか、周囲の風景を何一つ、その瞳に映していない。何か別の、ここではない世界を、ここにはいない誰かの姿を見ているようだった。

見られていないと思うと逆に心が軽くなった。そうして時折、彼女の表情を覗《のぞ》くようになった。

ほとんど食事を摂《と》らない。

眠れていないようで顔色が悪い。

咳《せき》をして辛《つら》そうだ。

やがて彼女は、はっきりと眉娘を認識した。しかしその顔には、侮蔑《ぶべつ》の色も、嫌悪の感情も、浮かび上がりはしなかった。

生き残って幸運だったと、この程度の痕でよかったと本心からそう思ってはいても、明らかに以前と変わってしまった自分を意識しないことはない。それでも、雪媛と燗流と三人でいる時間は楽しかった。

彼らは以前の自分など知らない。今ある彼女を、そのまま受け入れてくれる。

人を描こうと思ったのは、病を得てから初めてのことだった。

（今頃、どうしているだろう）

彼女もこの雨音を聞いているはずだった。

（ごめんなさい、役立たずで……）

寝台の上で、膝《ひざ》を抱えて項垂《うなだ》れる。

そうしていつの間にか、うとうとしていたらしい。轟音がして、はっと目が覚めた。

慌《あわ》てて外へ出る。雨が頬《ほお》を打った。暗くて何も見えない。

しかし何かが、唸《うな》るような音を立てて近づいてくる気がした。

「――逃げろ！」

どこかで、誰かが叫ぶ声が聞こえた。

「川が氾濫《はんらん》した！　水が流れ込んでくるぞ！」


納屋《なや》の中は暗く何も見えなかったが、雨と川の激しい音はよく聞こえた。

雪媛は納屋の片隅に小さく座り込んでいた。

(眉娘と燗流は無事だろうか……)

特に眉娘は、里長に心無い言葉を浴びせられたことで傷ついたに違いなかった。そのきっかけを作ってしまったのは自分だ。それがひどく悔やまれる。

(ああ……力が欲しい)

皇后であったなら、すぐに皆を動かせた。皇帝の寵姫《ちょうき》であったなら。

(でも――それでは同じだ、今までと)

もっと確かなものを手にしたかった。

遠くで、大きな音が響いた。

思わず立ち上がったが、何が見えるわけでもない。

「――っ」

唐突に足元に感じた冷たさに、雪媛は息を飲んだ。

水が流れ込んできたのだ。

（堤《つつみ》が決壊した――？）

どこかから悲鳴が聞こえた。慌ただしく「逃げろ！」と叫ぶ声もする。

雪媛は扉に飛びついた。しかし当然、鍵がかかっていて開かない。力いっぱい押しても、ぎしぎしと音を立てるだけだった。

どんどんと拳を叩《たた》きつける。

「――開けて！」

何度も何度も、扉を叩く。

「誰か！」

しかし応じる者はなかった。納屋に閉じ込めた罪人のことなど忘れているのだろう、逃げ惑う声が遠ざかっていく。

ひたひたと水が上ってきた。逃げ場のない雪媛は、重ねられた木箱の上によじ登った。

（ここで水に浸《つ》かって死ぬか、納屋ごと押し流されて死ぬか――）

体が震えている。

――あなたが死ぬときは、必ず私が手を下すと――約束します。

青嘉《せいか》の言葉を思い出す。

――だからそれまでは――必ず、生きてください。

「――ここです！」

声がして、雪媛ははっとした。

「早く早く！」

「鍵が――」

「壊しましょう！」

「ちょっと離れてろ」

がたがたと何かを打ちつける音がする。ひと際《きわ》大きな音が響くと、やがて重そうに扉が開いた。雪媛は警戒し身を固める。

「あ、いた」

扉の向こうから顔を覗かせたのは燗流だった。

「早く逃げましょう！　水が――」

その後ろで眉娘が、ずぶ濡れになりながらも灯《あか》りを手に叫ぶ。

思いがけない助けに、雪媛はすぐに声が出なかった。

「何故《なぜ》――」

「早く出て！」

燗流に抱えられるように納屋を出る。すでに水は膝下まで達していた。

ばしゃばしゃと水を蹴るようにして、三人は必死に里長の家の敷地から抜け出す。道には荷物を手に逃げ惑う人々が溢れていた。

「皆、高台へ！　お寺へ向かってください！」

眉娘が叫ぶ。

「お寺へ――」

はたと、眉娘が足を止めた。

「嬌嬌！」

見れば、眉娘の従姉妹の嬌嬌が寺とは反対側へと向かっていく。

「嬌嬌、そっちはだめよ！　――すみません、先に行ってください！」

そう言って嬌嬌を追い、水を蹴立てていく。

雪媛と燗流はさっと視線を交わすと、すぐに眉娘の後を追った。

「嬌嬌、行っちゃだめ！」

眉娘の声に答える様子もなく、嬌嬌はある家屋に入っていく。

「嬌嬌！　何してるの、早く逃げて！」

「うるさいわね、大事なものを忘れたのよ！」

雪媛たちが追いつくと、嬌嬌は櫃《ひつ》の中を必死にまさぐっていた。どうやらここは彼女たちの家らしかった。

「早くしないと！　もう水が――」

嬌嬌は眉娘の言葉に耳を貸さない。すると燗流が彼女をひょいと担《かつ》いだ。

「――きゃあっ！　何するのよっ！」

「行くぞ」

四人が外に出ると、さらに水量は増していた。進むにつれ、水は腰の下にまで迫ってくる。流れに押されて思うように歩くことができない。

やがて四人はその場に立ち往生《おうじょう》し、地を這《は》うような音を立てる水の中で途方にくれた。

このままでは、いつ流れが強まって押し流されてしまうかわからない。互いに無言で視線を交わす。

（これでは寺まで辿《たど》り着けない……）

雪媛は雨に濡れて張りついた髪を掻き上げ、目を凝《こ》らした。闇と豪雨で前がよく見えない。

「……眉娘、祭りの宴《うたげ》が行われていたのは、確かこのあたりだったな？」

「え？　は、はい。すぐそこに――」

「中央に、大きな木が生えていただろう」

「はい」

「あそこへ登れるか」

「え？」

「このままでは寺へたどり着く前に流される。家の屋根では建物ごと流される可能性が高い。このあたりで急場をしのげるのはあの木の上しかなさそうだ」

「はぁ？　木登りしろっていうの？　無理よ、できないわよ私！」

嬌嬌が喚《わめ》く。

眉娘は水に浸かった自分の下半身を見下ろした。そして、やがて決意するように顔を上げる。

「嬌嬌、登ろう。それしかないわ」

「――じゃあ俺は、あっちへ行きます」

燗流が指さしたのは、寺とは反対方向だった。

「燗流、何を言っている。そっちは崖崩れの可能性も――」

「俺、大抵の悪いことは引き寄せると思うんですよね」

「――え？」

「俺のいる場所のほうが被害が大きくなるんじゃないかなと思って。――ということは俺がここを離れれば、水の流れは俺のほうにより多く向かってくる可能性が高いので、皆がだいぶ助かりやすくなるはずです。――多分」

「だ、だめですよ燗流さん！　そんなの危険過ぎます！」

「だってほら、雨漏りだって俺にばっかりしてたでしょ」

「規模が違い過ぎる！　運が悪いからこそ、危険だとわかっている場所へはなおのこと行かせられぬ！」

「でも皆が助かる目は増えますよ。むしろ俺がここにいると皆を巻き添えにするかも。――俺はそっちのほうがご免です」

「燗流」

「大丈夫。俺ついてないけど、死にはしないと思うんで」

じゃ、と散歩にでも行くように水を掻き分けていく燗流に、雪媛は声を上げた。

「――燗流！」

燗流は歩きながら少し振り返った。

「信じているぞ」

「はい、俺の災厄を引き寄せる力はかなりの確度で信じてもらって大丈夫ですよ」

「いや――お前をだ」

燗流は立ち止まった。

「必ず生きて戻れ」

すると燗流は戸惑ったように、少し笑った。

雨の中遠ざかっていく姿を見送り、雪媛は眉娘に向き直る。

「さぁ、我々も行くぞ」

眉娘の先導に頼って進む。嬌嬌は置き去りにされることを恐れて渋々ついてきた。

「ほら嬌嬌、まずはあんたが登って」

「嫌よ！　できない！」

「手伝うから。ほら、頑張って」

眉娘は従姉妹の足を支え、雪媛も手を貸してなんとか木の上に押し上げる。

「怖いわ、落ちる！」

「しっかり摑まって！　右の幹に手を置いて！」

「なんで私がこんな目に！　……まだ死にたくないわ！」

「登れば死なない！　大丈夫よ！」

雪媛は眉娘の言葉の力強さに驚いた。

「私が支えてる！　大丈夫だから！」

震えながら、嬌嬌はおずおずとさらに高い幹の上に這い上がった。

眉娘と雪媛もそれに続き、三人はなんとか水の流れから逃れることに成功した。しかし眼下を埋め尽くす水の恐怖は、ひたひたと迫ってきた。

最初はぶつくさと文句を言っていた嬌嬌も、やがて怯《おび》えた表情を浮かべて黙りこくった。

三人はしばらく、木の上で息をひそめるようにして固まっていた。

ぐすぐすと泣き声がする。嬌嬌が泣きだしたのだ。

「全部流されたわ……」

「……うん」

「父さんと母さん、逃げられたかしら……」

「……嬌嬌、さっきは何を探してたの？」

すると嬌嬌は少し言い淀《よど》んだ。

「………嬥歌《かがい》でもらった簪《かんざし》。初めて、もらったのに……」

大きな地響きが聞こえたのは、それから間もなくのことだった。

雪媛は目を凝らした。闇の向こうで、何かが滑り落ちるような音が続く。

燗流の向かった方角からだった。

「な、なんでしょう、今の音――」

眉娘が不安そうに言った。

(崖が崩れた……?)

雪媛は胸のあたりが冷えたように思った。

先ほどまで増える一方だった水嵩《みずかさ》は、雪媛たちの登った枝に届く寸前で落ち着き、そこから徐々に減っているようだった。

(崖から滑り落ちた土砂で、川の流れが変わったか?)

嬌嬌は怯えて泣きながら震えている。雪媛はその手を取り、安心させるように握ってやった。

「大丈夫だ」

「………っ」

「水が引いていく。歩けるようになったら、皆で寺へ向かおう」

握った手は、温かい。

嬌嬌はしばらくしゃくり上げていたものの、やがて徐々に落ち着いてきたようだった。ごしごしと涙を拭《ぬぐ》い、何も言わずにこくりと頷《うなず》く。

「……なんだか、祭りのお芝居を思い出します」

眉娘が不安そうに呟《つぶや》く。

「『竜神様の嫁取り』……花嫁って言うと聞こえがいいですけど、あれはつまり……生贄《いけにえ》なんじゃないでしょうか。例えば、燗流さんみたいな人を……」

先ほどまで里に満ちていた濁流は、歩ける程度にまで水位が下がっていった。三人はそれを確認して木からそろそろと下り、そのまま高台にある寺へと向かった。

日が昇る頃には、雨は小降りになっていた。


昼になると完全に水が引いて、里では逃げ遅れた者たちの捜索が始まった。死者、行方《ゆくえ》不明者はざっと三十名以上にのぼった。

燗流の姿は、どこにもなかった。

「――谷へ戻っていただけますか」

捜索を指揮していた里長が、雪媛に少し決まりの悪そうな様子で言った。

「あなたがここにいると知れると――」

「わかっています。……燗流が見つかったら、知らせてもらえますか」

「……流された者も多い。すぐには見つからないでしょう」

彼女へ対する態度は、昨日よりも幾分ましになっていた。雪媛の忠告を無視したことで、気が咎《とが》めているのだろう。並べられた遺体を前にして、「もっと早く逃げればよかった」と嘆《なげ》く遺族の声が響いてきた。

雪媛は黙って、谷へと戻る山道を上った。

粗末な家屋は雨に打たれて余計に寂《さび》れて見えたものの、このあたりは川の水も溢れることはなかったようで、ともかくしっかりとそこに建っていた。川はまだ水嵩があるものの、いくらかましになったように見える。

それから五日経っても、燗流についての便りはなかった。一方で、これまでの雨続きが嘘のように、真っ青に晴れた空が広がるようになった。

眉娘は毎日やってきて、里の様子を伝えてくれた。

「死んだ人も多くて、家も畑も流されて、ここのところ里の雰囲気がなんだか殺伐《さつばつ》としていたんです。それで、誰かが――雪媛様が禍《わざわい》を呼んだんじゃないかって言い始めて――あの、そんなはずないんですけど」

雪媛は唇を歪《ゆが》めた。

「そう言いたくなる気持ちはわかる。私が来た途端に、近年稀《まれ》にみる洪水が起きたんだ。静かな里に、忌《い》むべき罪人などが入り込めば原因と思われて当然だ」

「でも和尚《おしょう》様が、それは違うって皆を諭《さと》してくれたんです。事前に水害が起こると察知して避難するよう呼びかけてくれたんだって。そうしたら嬌嬌——私の従姉妹が」

少し嬉しそうに眉娘は言った。

「自分が助かったのは、雪媛様のお陰だって——みんなの前で、そう言ってくれたんですよ」

意外だった。

「あの娘が？」

「あまり口には出さないけど、嬌嬌も雪媛様に感謝しているんだと思います。……最近、私にも少し優しくなったんですよ。本当にちょっとだけ、ですけど」

思い出すように、眉娘が微笑む。

「そのうち、皆ちゃんとわかってくれると思います。雪媛様は優しい方だって」

（優しい……？）

随分と自分とはかけ離れた言葉だ、と思った。

雪媛は自分の手を見下ろした。この手はすっかり汚れて、血にまみれている。

「あとは、燗流さんが無事でいてくれたら……」

「──はぁい」

突然後ろで声がして、二人は驚いて振り返った。

燗流が立っていた。

「………！　か、燗流さ……」

「いやー、随分遠くまで流されまして。さすがに一瞬死ぬかなって思いました」

雪媛は慌ただしく燗流の状態を観察する。

「無事なのか？　怪我《けが》は？」

「ちょっとの打ち身とかすり傷程度ですね。下流の集落で助けてくれた人が、さっき麓《ふもと》まで馬で送ってくれて」

「よ、よかった……よかった～～」

眉娘がほっとしたようにその場に座り込む。

「心配したんですよ！　竜神様の花嫁になったんじゃないかと……」

「んっ？　花嫁？　俺が？　無理じゃない？」

「そうじゃなくって……いえ、いいんです。とにかく元気そうでよかった……」

「……すまない、燗流」

雪媛が暗い面持ちで言った。

「私に力があればもっと早く事が運べた……私が何もできないせいで、お前を……お前たちを危険な目に……」

「え？　別にあなたのせいじゃないでしょ」

燗流が首を傾《かし》げた。

「俺は自分で判断してあの場を離れたわけですし、実際大丈夫だったじゃないですか」

「そもそも私が早々に役所を動かせていれば、こんなことにはならなかった」

口惜《くちお》しそうに言う雪媛に、燗流は困ったように頭を掻いた。

「いや……何でそんなに全部背負《しょい》い込もうとするんですか？」

雪媛はきょとんとした。

「――え？」

「何でもかんでも自分でなんとかしようとしなくてもいいんじゃないですかね。できる人間がやればいいんですから。今回はそれが俺だと思ったんで、俺が動いただけですよ。洪水で誰かが死んだとして、それ、あなたの責任じゃないですし。だってそういうもんじゃないですか。一人の人間ができることなんて、たかが知れてるに決まってるでしょ」

「……それは、そう、だが」

「だから他の人間がいるんでしょ。できないことは頼って、助けてもらえばいいんだし。全部自分でやろうなんて、無理な話なんだから」

「…………」

「そうですよ、雪媛様はできるだけのことをしたじゃないですか。少なくとも私と嬌嬌は、雪媛様のお陰で無事だったんです」

眉娘が燗流を援護するように言った。

雪媛はしばらく二人の顔を眺めながら、何も言えなかった。

じっと両手を見下ろす。何故か一瞬、頭が真っ白になったように思えた。

――私が半分になってもいい？

昔、芳明《ほうめい》に言った自分の言葉が唐突に蘇《よみがえ》ってくる。

一人で子どもを守ろうとする彼女に、雪媛は言ったのだ。母親と父親、一人で両方になる必要なんてない。――私がその半分になる、と。

「それにしても俺、今回再確認しました。不幸体質ここに極まれりだけど、どうやら死ぬことはないって。そう思えばまぁ、悪くない……」

「――不幸体質なんかじゃない」

雪媛がぽつりと言った。

「え？」

「それは、人を救うことのできる能力であり、唯一無二のお前の――才能だ」

燗流はあまりに意外なことを言われたようで、ぽかんとしていた。しかしやがて、破顔《はがん》する。

「――なるほど。じゃあ今度から、そう思うようにしよう」


数日後、寺の和尚が雪媛のもとを訪ねてきた。

「堤《つつみ》の修復について、知見がおありとか。是非詳しく伺《うかが》いたい」

小柄でほっそりとした和尚は、柔らかな微笑を湛《たた》えた穏やかそうな人物だった。

雪媛は刺史に宛てた意見書の写しを見せ、口頭でも詳しく説明した。

「今、被害の状況を調べに役人が来ています。これを見せて、私からも口添えをいたしましょう」

「よろしくお願いします」

「――眉娘の言っていた通りのお方ですな」

和尚はそう言ってほほ笑んだ。

「眉娘が？」

「聡明《そうめい》でお優しい方だと」

「……私にその言葉は相応《ふさわ》しくありません」

「あの子が絵を描くのはご存じですか？」

「ええ」

「最近、寺に奉納したいと持ってきた絵があるのですよ」

そう言って和尚は巻物状の紙を取り出した。

広げると、人の姿が描かれていた。美しい衣《ころも》を纏《まと》った、菩薩《ぼさつ》のように優しい笑みを湛えた女だ。

「あなたを描いたそうです。自信がないので本人には見せられないと言っていましたが」

「…………」

「よく描けていると思います。お会いして、一層そう思いました」

雪媛はじっとその絵を見つめた。自分とは似ても似つかない、と思う。

「此度《こたび》のような水害が二度と起こらぬようにという祈願《きがん》として、これを納めたいと」

「私は……こんな顔をしているでしょうか」

「見えるものは、人によって違いますから」

そっと、絵に触れる。

柔らかな筆遣《ふでづか》い、女性らしい繊細さで描かれたその人物は、天上より手を差し伸べて水の流れを変えている。光に包まれて、穏やかなほほ笑みをこちらへ向けながら。

どこか秋海《しゅうかい》に似ている、と思った。

和尚が帰るのを見送り、雪媛は川辺で洗い物をしている眉娘に声をかけた。

「――眉娘」

「！　はい」

「？　は、はい」

眉娘が振り返る。

「絵を描くのは、好きか」

「なんのために絵を描いている？」

眉娘は首を傾《かし》げた。

「……描きたいからです」

「何故？」

そう尋ねると、ひどく困った顔になった。

高貴な身分の女性が絵を描くのは嗜《たしな》みのうちだ。だがそれが芸術として評価されることはない。絵師は男と決まっている。身分の高い者でさえそうなのに、平民の、田舎《いなか》の片隅の里で生きる彼女が絵を描いたとして、それが何になるだろうか。

たとえそれが、どれほど素晴らしく才能溢れるものであっても。

「あの……ええと」

眉娘はどう言ったものかと、言葉を探しているようだった。

「……病になった時、死ぬのかもしれないと思ったら……最後に一枚でも、もっといい絵が描きたかった、と思いました」

だから、と顔を上げた。

「もし、絵が描けなくなったとしたら……この顔を初めて鏡で見た時の、百倍くらい苦しいと思います」

雪媛の目を真っ直ぐに見た。しかしすぐに、これで答えになっているのだろうか、と不安そうな顔になる。

「その、だから……」

「――本気で学ぶ気はあるか？」

「え？」

「ここを離れて都へ行き、本格的に絵を学ぶ気は？」

「えっ？」

眉娘は目をぱちくりとさせた。

「それは――」

「覚悟があるなら、よい絵師に弟子入りできるよう私が手を尽くす。――どうだ？」

驚いて口を開けたり閉じたりしていた眉娘が、何か言おうとして身を乗り出した時だった。

「あー、これはどうも。いらっしゃいませ！」

燗流のわざとらしい大声が響いた。

こちらに知らせようとしているのだ、と雪媛ははっと振り返った。例の査察官がやってくるのが見える。

「――ここは無事のようだな」

谷を見回して、何の感慨《かんがい》もない口調で言った。

「ええ、お陰様で何事もなく！　罪人もおとなしくして――」

「このあたりはどこも水害で大惨事だ。怪《あや》しげな呪術を使う罪人がやってきた途端に……」

さも雪媛がこの水害をもたらしたと言わんばかりの口ぶりだった。

「……怪しげな呪術を使う罪人が渡した書状は、刺史《しし》殿に渡してもらえたのか？」

雪媛が言うと、男は大仰《おおぎょう》に首を傾げた。

「書状？　――はて、なんのことか」

「水害の恐れがあるから、対応が必要だと述べた書状だ。そなたに渡した」

「覚えがありませんなぁ。お前たちそんなものを見たか？」

背後の兵士たちに声をかける。皆、いいえ、と首を横に振った。

「なるほど。そうやってさも予言していたかのように振る舞うことで、神女などと呼ばれていたのでしょうなぁ。しかし私には通用しませんぞ」

雪媛はため息をついた。どうせそんなことだろうと思っていた。

「それにしても、都ではご一族が大変なようですなぁ。最近では、柳《りゅう》家の屋敷には石が投げ込まれ、馬車が出てくれば引き倒されると聞きます」

「…………」

「以前から随分と恨みを買っていたようですからねぇ、身から出た錆《さび》ですな。成り上がり者らしい末路だ」

雪媛はぐっと拳を握りしめる。こちらの気持ちを挫《くじ》こうと挑発しているのだとわかっている。堪《こら》えるしかなかった。

「都だけでなく、各地で柳一族に対して反発が強まっているとか。――そうそう、先日は大月《たいげつ》で屋敷に火をつけられたと聞きましたぞ」

「――大月？」

雪媛はその地名にぴくりと反応する。それは、母である秋海の家がある土地だ。

「屋敷に、火が――？」

動揺した様子に気をよくした男は、ひどく嗜虐《しぎゃく》的な目をした。

「ええ、すっかり焼け落ちて……住人も無事では済まなかったとか」

一瞬、息ができなくなりそうだった。体中がひどく冷え、身が凍りつく。

ぎゅっと唇を嚙みしめ、雪媛は男を睨《にら》みつけた。

「……適当なことを言って、私を嬲《なぶ》ろうとしても無駄だ。そなたの言葉など信用できぬ」

「おや、これは心外ですな。あのあたりには知人がおりましてね、近況が書かれた文《ふみ》が届いたのですよ。山向こうに黒々とした煙が上がっているのが見えて、聞けば柳家の屋敷であったと――」

雪媛は体を震わせながら、なんとか自分を落ち着かせようとした。

青ざめる雪媛の様子に満足したように、査察官は「ではまた、ひと月後に」と言って帰っていった。次はどんな手で目の前の女をいたぶろうかと考えているようだった。

（嘘だ──絶対嘘──噂話《うわさばなし》なんてあやふやだ──）

そう自分に言い聞かせながら、震えが止まらない。

（お母様……！）

彼らの姿が見えなくなると、雪媛は堪え切れなくなったようにその場に膝をついた。

「雪媛様、大丈夫ですか？」

恐る恐るといった風情《ふぜい》で、眉娘がそっと横に膝をついた。

（でももし、本当だったら──？）

温かった秋海の手。

玉瑛《ぎょくえい》が雪媛となってから、右も左もわからない彼女を優しく包み込んでくれた母親。思い出すのはいつも、笑顔ばかりだ。ふくふくとした白い頬、穏やかな目、美しい黒髪……。

──すっかり焼け落ちて、住人も無事では済まなかったとか。

雪媛は拳でどんと地を叩き、弾《はじ》かれたように立ち上がった。

「雪媛様……？」

眉娘が訝《いぶか》しげに見上げてくる。

雪媛は何も言わず、そのまま山道を下りようとする。蒼白な顔の雪媛に、燗流が駆け寄って慌てて両手を広げて立ちふさがった。

「何してるんですか⁉」

躱《かわ》して進もうとすると腕を摑まれ、雪媛は身を捩《よじ》った。

「放せ」

「だめですよ！　里へ下りるんですか？　今は役人が来ているから――」

「行かなければ――」

雪媛は燗流を押しのけようともがいた。

「大月へ行かないと――」

「雪媛様⁉」

追いかけてきた眉娘が、激しく揉《も》み合っている二人を見て立ち竦《すく》む。雪媛はひどく取り乱していた。

「――お願い、見逃して――お願い」

「何言って……」

「すぐ行かなきゃ――ああ――」

「ここを勝手に出れば逃亡したとみなされるんですよ！」

「落ち着いてください！　どうしたんですか⁉」

雪媛は燗流の衣を握りしめ、縋るようにずるずると崩れ落ちる。

歯を食いしばり、地面を掻いて悲鳴のような声を上げた。

「……お母様……！」


二人に連れ戻された雪媛は、一時はひどく興奮して暴れた。

しかしやがて、魂が抜けたように虚脱した。いつの間にか日は暮れ、雪媛を心配した眉娘が今夜は泊まっていくと申し出た。

「――帰れ」

雪媛はぽつりと呟いた。

「でも……」

「――――一人になりたい」

眉娘は気がかりな様子ながらも、渋々山を下りていった。燗流はそっとしておいたほうがよいと悟ったのか、「何かあったら声をかけてください」と番小屋へと戻った。

雪媛はしばらく寝台に横になっていたが、やがて月明かりの差す外に出た。

川辺に腰を下ろすと、水の流れをぼんやりと見つめた。川面《かわも》には月の光が映り込んで揺れている。向こう岸では、蛍《ほたる》がちらちらと舞っていた。

（――私は、お母様の傍に行くこともできない）

罪人だからだ。

自分は今、見えない牢の中にいるのだった。

『牢破りの男』の話を思い返す。どんな牢でも破り、やがては国を破った男。

（どうしたらこの牢を破れる――）

そっと身を乗り出して川面を覗き込む。

先日までの様子とは打って変わって水の流れはすっかり落ち着きを取り戻し、さらさらと軽やかな音が響いている。

暗い水面《みなも》にぼんやりと浮かぶ顔は、柳雪媛だった。

もうそこに、玉瑛は現れない。

「柳雪媛――お前ならどうする？」

小さく問いかけた。

月が雲に隠れたのか、影が差して水面に映された顔は消えた。雪媛は体を起こし、空を見上げる。

雲が流れ、合間から再び月が顔を覗かせる。

雪媛ははっと音のしたほうへ視線を向ける。川の対岸、木々が生い茂る急斜面から黒い影が現れた。また熊だろうか、と身構える。

しかし、斜めに差し込んでくる銀の光に照らし出されたのは、人の姿だった。

青嘉が、そこに立っていた。

「これほど鮮やかな勝利は、滅多《めった》に見れるものではない」

洪《こう》将軍は驚きながらも感嘆した。

高葉国《こうようこく》の都は陥落した。

その宣言通り、青嘉は瞬《またた》く間に敵を粉砕し電光石火の勢いで攻め上った。皇位争いを続けていた皇子たちの身柄も確保し、まるで誰がどこで何をするのか、何が起きるか、すべて知っているように的確な指示を出した。

「そなたの亡き父も兄も、さぞ喜んでいるだろう。此度《こたび》の戦《いくさ》での第一功は間違いな――」

「将軍、俺は先に都に戻りますので後を頼みます！」

洪将軍の言葉を遮《さえぎ》って慌ただしく馬に跨《また》がりながら、青嘉は言った。

「――なんだと？　おい、青嘉！」

「陛下には、怪我を負って先に帰陣したと報告してください！　事後処理で何かあれば潼《どう》雲《うん》に！　あいつは俺よりも優秀ですので。――では！」

馬の腹を勢いよく蹴って、青嘉は獲《と》ったばかりの城を飛び出した。後方で洪将軍がわめいている声が聞こえたが、振り返らない。

幾度も馬を替えながら高葉国を抜け、瑞燕《ずいえん》国までひた走った。さらにそこから、雪媛の流刑地《るけいち》である反州《たんしゅう》に向かって街道を下った。

本来であればこんな勝ち方をすべきではなかった、と思う。明らかにこれは、未来を知る青嘉だからこそできた卑怯《ひきょう》な戦だった。敵の数も位置も戦法も状況も、すべて知っていたのだから。

だが雪媛が捕らえられ流刑に処されたと知って以来、青嘉の脳裏によぎるのは刺客《しかく》に襲われ息絶えた雪媛の姿だった。

（何か想定外のことがあったんだ――）

手綱《たづな》をぎゅっと握りしめる。流れる血、冷たくなっていく体――今でも鮮明に覚えていた。

反州まで辿り着いてみると、大雨が続き身動きが取れなくなってしまった。至る所で川が増水し舟は出ず、橋は流され、前に進むことができない。

じりじりとしながら、天候の回復を待った。

雨が上がったのは反州に入って七日後。そこからさらに、通ることのできる道を探しながら少しずつ少しずつ進み、やっとの思いで辿り着いたのは、洪水ですべて流されてしまった小さな里だった。

どこもかしこも、瓦礫《がれき》の撤去や死人の供養《くよう》、行方不明者の捜索、役人による検分などで慌ただしい。

その様子に、青嘉は心臓がぎゅっと握りつぶされるような気分になった。

（まさか――雪媛様も）

近くを通りがかった男に声をかける。

「――尋ねるが、このあたりに都から罪人が流されてきたはず。どこにいる？」

男は青嘉のことをじろじろと胡散臭《うさんくさ》そうに眺めた。

「なんだね、あんた」

「その罪人に用があるのだ」

しかし余所者《よそもの》への警戒心からか、男は答えようとしない。諦《あきら》めて他の者に尋ねて回ると、三人目でようやく、若い娘が背後の山を指さし教えてくれた。

「あそこをずっと上っていったところに谷があるの。そこにいるわ」

「谷――では、無事なのか」

青嘉はほっと胸を撫で下ろす。

「ええ、生きてるわ。洪水の時、私と一緒に逃げてあの木の上に登ったのよ。大変だったんだから」

何故か少し得意げに、背後の巨木を指し示す。

「そうか。ありがとう」

ここでも橋は流されたらしく、今は簡易的な仮設の橋がかけられていた。それを渡り、山道へと入っていく。

しかし気がつくと、青嘉は道ならぬ道を歩いていた。

進めども進めども谷など見えてこず、やがてあたりはすっかり暗くなってしまった。鬱《うっ》蒼《そう》とした木々を掻き分けながら、青嘉は途方に暮れた。

（まずいな……どっちだ）

頭の中に潼雲の呆《あき》れ顔が浮かぶ。「だから一人で動き回るなと言ったんだ！」と叱《しか》られ

「──っ」

何かに躓《つまず》き、青嘉は斜面を転がり落ちた。途中に生えていた木にぶつかってなんとか停止し、痛みに顔をしかめながらも息をつく。朝になるまで、あまり動き回らないほうがよさそうだった。

目を凝らすと、遠くに蛍の光が見え隠れしていることに気づいた。

（水場が近いな）

ひとまずそこで夜を明かそうと、注意深く歩を進め斜面を下る。やがて、樹木が途切れて視界が大きく開けた。

月明かりの差し込む谷が現れる。目の前を川が横切り、その対岸に古びた小さな家屋が建っていた。

（谷──ここが？）

青嘉は警戒しながらそっと様子を窺《うかが》った。

周囲を見張っている兵士がいるはずだ。迂闊《うかつ》に踏み込むわけにもいかない。

その時、近くで何かが動く気配がした。息を詰め身構える。

視界の端に揺れるように映り込む人影があった。

川の向こう岸に腰を下ろし、水面を覗き込むように身を乗り出している。やがてその人物は空を見上げ、そしてはっとこちらに視線を向けた。

月明かりに照らされたその白い顔に、青嘉は雷に打たれたように一瞬立ち尽くした。

「――――雪媛様」

雪媛は最初、訝《いぶか》しげにこちらを窺っているようだった。やがてはっと目を見開き、そのまま青嘉の姿を信じられないものを見るように凝視《ぎょうし》した。

その頬は、記憶にあるよりも随分と削《そ》げたように思えた。

すぐに駆け寄ろうと身を乗り出し、青嘉は足を止めた。二人を分かつように横たわる川は一見して流れが穏やかだ。しかしどれほどの深さかわからない上、水害があったばかりでは不用意に足を踏み入れないほうがよい。どこか向こう岸へ渡れる場所はないものかと、慌てて左右を見渡す。

その時、どぼん、と水音が響いた。

雪媛が川に飛び込んだのだ。

「――!?」

青嘉は驚いた。雪媛は腰まで水に浸かりながら、川を横断してこちらへ近づいてくる。

「雪媛様!?　おやめください、危険です！」

雪媛には青嘉の声など届いていないようだった。まるで何かに追い立てられるように、思うように歩めないのがもどかしいというように、水を両手で大きく掻き分けながら、ただただ青嘉を見据えて川の中を進んでくる。

突然、雪媛の姿がほの暗い川の淵に吸い込まれるようにして消えた。

水の深みにはまったに違いなかった。白い手が川面から見え隠れし、もがくように空《くう》を掻く。

「雪媛様！」

青嘉は川に飛び込んだ。水流は思ったより緩やかで、さほどの抵抗もなく雪媛のもとへ辿り着く。

細い体を確かに摑むと、足のつく場所まで引っ張り上げた。

はあはあと肩で息をしながら、青嘉は腕の中の雪媛を見下ろした。水の中に半分浸かったまま、雪媛は青嘉に縋りつくようにして動かない。

「雪媛様、大丈夫ですか⁉」

雪媛は何も言わない。

「――？」

様子が変だ、と思った次の瞬間、雪媛の両腕が青嘉の首に巻きついた。

ぐいと引き寄せられ、それと同時に温かく柔らかな感触に唇を塞がれる。

青嘉は目を見開いた。

そのまましばらく、身動きがとれなかった。何が起きているのかわからず硬直しながら、重ねられた唇の熱を感じる。

触れ合った部分から溶け合うような感覚。僅かな吐息が耳に異様なほど響き、ようやくこれが現実である、と認識した。

青嘉は微動だにできなかった。柳雪媛に仕えると決めた時から自分に課してきた戒《いまし》めがその身を縛っていた。手を伸ばしてはならない、彼女の道の妨《さまた》げになるようなことは決してしない――。

だが雪媛を抱く両腕に、知らず力が籠《こ》もった。

濡れた長い黒髪が指に絡みつく。温《ぬく》もりが、鼓動が伝わってくる。

いつの間にか、身体は意識と相反して動いていた。

雪媛を強く引き寄せる。

気がつくと、彼女の熱に応《こた》えるように深く唇を重ねていた。

終章

碧成《へきせい》が病《やまい》の平癒《へいゆ》のため湯治へ行くと言いだしたのは、彼が倒れてから三月《みつき》ほど経《た》った頃だった。

皇帝不在の朝廷を仕切っていた独護堅《どくごけん》は、それはよい考えです、と手を打って勧《すす》めた。そうして慌《あわ》ただしく旅の準備が整えられ、皇帝一行は都を出発した。

碧成に仕《つか》える侍従《じじゅう》である冠希《かんき》もまた、彼に付き従い都近くの有名な湯治場へ向かった。

「――冠希よ」

乳白色の湯に浸《つ》かりながら、主《あるじ》が言った。

「ここの湯はどうも余には合わぬようだ。――反州《たんしゅう》によい温泉地があると聞く。そこへ向かうと皆に伝えよ」

冠希は驚いた。予定にない行き先、しかも反州とはあまりに遠い。

何より反州といえば――柳雪媛《りゅうせつえん》の流刑地《るけいち》がある。

「陛下、しかしここの湯が陛下の治療には最適だと——」

「聞こえなかったのか。早々にここを発《た》つ。支度せよ」

有無を言わさぬ態度だった。

碧成は最初からそのつもりだったのだ、と冠希は悟った。

（これは——まずいことになった）

碧成に意見できる者などいない。ここに重臣の誰かがいれば諫《いさ》めることもできようが、随行したのは医師に侍従に女官。とても皇帝に逆らうことなどできない。

皇太子時代から仕えている冠希は、碧成から全幅《ぜんぷく》の信頼を置かれている。だがその彼にも、碧成を止められるほどの発言力はない。

仕方なく、冠希は反州へ向かう手配をした。

今年は雨が多かった。反州の温泉地へ辿《たど》り着いてからも長雨が続き、近くでは洪水や土砂崩れが起きたと聞こえてきた。

宿から身動きできぬ日々が続いたが、冠希は逆に安堵《あんど》した。碧成が雪媛に会いに行こうとするのではないかと冷や冷やしたのだ。

やがて雨がようやく上がり、晴れ間が見え始めた頃。

碧成は近隣の被害状況を視察すると言って、たびたび輿《こし》に乗りあちこち外へ出るようになった。皇帝がやってきたと知った民は皆平伏し、田舎《いなか》の集落はいずれも大騒ぎになった。

「冠希、暗くなったら行きたいところがあるのだ。馬を用意せよ」

　ある日碧成が言った。

「このあたりの者は皆、余は輿に乗って移動すると思っている。夜に身なりを替えて出れば、誰も余とは思わぬはず」

「夜に？　なりません、そのような——」

「体も随分と楽になってきた。問題ない」

「で、ですが、一体どちらに——」

　碧成はじっと冠希を見据えた。

「……！」

　冠希はついに来たか、と思った。

「皇后《こうごう》様のところですか」

「案ずるな、姿を見るだけでいいのだ。……声はかけぬ。ただ、どうしても一目、雪媛に会いたいのだ……」

「陛下」

「頼む、冠希」

縋《すが》るように切望され、冠希は馬を用意した。僅《わず》かな供を連れ、日が暮れた頃にひっそりと逗留先《とうりゅうさき》を出た。

（本当に見るだけで済むのだろうか……ここで二人が会ったことが都に知れれば……）

もっと茶に入れる毒の量を増やすべきだっただろうか、と冠希は思った。

少しずつ少しずつ、気づかれぬように碧成に飲ませている毒。

雪媛の命令で、冠希が茶に混ぜている。先日碧成が倒れて以来、あまり負荷がかかり過ぎてはいけないと思い、ここ最近は控えるようにしていた。

生かさず殺さず、適度な状態を保たねばならないのだ。指示があるまでは死なせてはならない、というのが雪媛からの厳命だった。

だがこのような勝手な行動に出られるくらいなら、寝込ませて足止めしておけばよかった、と思う。

水害で家屋が流されたのであろう、瓦礫《がれき》の積まれた里を通り過ぎる。一行は川を渡り、暗い山道を上っていった。その先にある谷に、雪媛がいるはずだった。

冠希の手にした灯《あか》りの向こうに、見張りの兵士と思《おぼ》しき人影がぼんやりと見えた。一行に気がつくと、驚いて立ち上がる。

「――誰だ。ここは立ち入り禁止だ」

「控えよ」

冠希は懐《ふところ》から詔《みことのり》を取り出した。

「我らは都より参った皇帝陛下の使いである」

ここにいるのが皇帝だ、と言うわけにもいかない。

「……都から？　こんな時間に？」

夜更《よふ》けにやってきた男たちを、兵士は怪《あや》しんでいるようだった。

「冠希。こやつを連れて、向こうで待っていろ」

「はい」

奥に見える小屋へと向かう碧成を、兵士が止めようとする。しかし碧成の護衛が彼の前に立ちはだかり、一歩も進ませなかった。

「少し離れるぞ。邪魔をしてはならぬ」

冠希は護衛たちと一緒に、いくらか山道を下ったところで待機した。引きずるように連れてきた兵士は、大きく抵抗はしなかったものの胡散臭《うさんくさ》そうに彼らを眺めた。

「……本当に都から陛下の命《めい》で？」

「真だ。水害のせいで到着が予定より遅れてな。……ところで、見張りはそなた一人なのか？」

「……あー、えーと、まぁ……夜は交代で……」

なんとなく、他の兵に役目を押しつけられているのだろうと見当がついた。

「罪人の様子は？」

「……まぁ、静かに過ごしてますが」

「そうか」

「ただ今日は随分と……荒れてましたけどね」

「荒れて？」

「母親のいる屋敷が、燃やされたとかで……」

「…………」

柳一族への風当たりは強かった。朝廷内だけでなく、民の間でももともと彼らの増長ぶりに不満が燻《くすぶ》っていたのだ。雪媛の流刑により、それは容赦なく目に見えるものとなっている。

（動揺しているだろう……あの方はこうならないために、ずっと力を欲《ほっ》してきたのだから）

雪媛と出会ったのは、もう随分と昔のことに思える。互いに大切な者を失い――あれ以来冠希は彼女にすべてを託し、陰ながら支えてきた。碧成に、決して見破られないように――。

しばらくして、碧成がこちらへやってくるのが見えた。

予想よりも随分早かったので冠希は驚いた。一目見るだけ、といっても、結局は離れがたくなり朝まで過ごすのではないかと思っていたのだ。

「もうよいのですか？」

冠希が声をかける。

しかし碧成は何も答えなかった。

抜け殻《がら》のような目をして、呆然と立ち尽くしている。

「？　……陛下？」

冠希は訝《いぶか》しく思い駆け寄った。体調が悪いのだろうか。

すると碧成は、冠希には目もくれず歩き始めた。しかし十歩も行かぬところで、ぴたりと止まる。

「…………………冠希」

「は、はい」

「すぐに、都へ戻る」

「──え」

「雪媛を──都へ呼び戻す」

碧成が振り返った。

その顔を見た時、冠希は背筋にひやりと悪寒《おかん》が走るのを感じた。

それは見たことも無いほど、狂気に満ちた男の顔だった。

【前巻までの登場人物】

玉瑛【ぎょくえい】……奴婢の少女。尹族であるがゆえに迫害され命を落とす。

柳雪媛【りゅうせつえん】……死んだはずの玉瑛の意識が入り込んだ人物。

秋海【しゅうかい】……雪媛の母。

芳明【ほうめい】……雪媛の侍女。かつては都一の芸妓だった美女。

天祐【てんゆう】……芳明の息子。

尚宇【しょうう】……代々柳家に仕える家出身の尹族の青年。雪媛の後押しで官吏となった。

金孟【きんもう】……豪商。雪媛によって皇宮との専売取引権を得た。

瑯【ろう】……山の中で烏や狼たちと暮らしていた青年。雪媛の護衛となる。

柳原許【りゅうげんきょ】……雪媛の父の従兄弟。柳一族の主。

柳弼【りゅうひつ】……雪媛が後宮で寵を得るようになってから成りあがった一族のひとり。

丹子【たんし】……秋海に仕える女。

王青嘉【おうせいか】……武門の家と名高い王家の次男。雪媛の護衛となる。

珠麗【しゅれい】……青嘉の亡き兄の妻。志宝の母。

王志宝【おうしほう】……青嘉の甥。珠麗の息子。

朱江良【しゅこうりょう】……青嘉の従兄弟。皇宮に出仕する文官。

碧成【へきせい】……瑞燕国の皇太子。のちに皇帝に即位。

昌王【しょうおう】……碧成の異母兄で、先帝の長子。歴戦の将。

阿津王【あつおう】……碧成の異母兄で、先帝の次男。知略に秀でる。

環王【かんおう】……碧成の六つ年下の同母弟。

蘇高易【そこうえき】……瑞燕国の中書令で碧成最大の後ろ盾。碧成を皇帝へと押し上げた人物。

雨菲【うひ】……蘇高易の娘。

唐智鴻【とうちこう】……珠麗の従兄弟。芳明のかつての恋人で、天祐の父親。

独芙蓉【どくふよう】……碧成の側室のひとり。

平隴【へいろう】……碧成と芙蓉の娘。瑞燕国公主。

独護堅【どくごけん】……芙蓉の父。瑞燕国の尚書令。

仁蟬【じんぜん】……独護堅の正妻。魯信の母。

詞陀【しだ】……芙蓉の母で独護堅の第二夫人。もとは独家に雇われた歌妓の一人。

独魯信【どくろしん】……護堅と仁蟬の息子。独家の長男。

独魯格【どくろかく】……護堅と詞陀の息子。独家の次男。

穆潼雲【ぼくどううん】……芙蓉の乳姉弟。もとの歴史では将来将軍となり青嘉を謀殺するはずだった男。

萬夏【ばんか】……潼雲の母親で、芙蓉の乳母。

凜惇【りんとん】……潼雲の妹。

曹婕妤【そうしょうよ】……碧成の側室。芙蓉派の一人。

許美人【きょびじん】……碧成の側室。芙蓉派の一人。

安純霞【あんじゅんか】……碧成の最初の皇后。

安得泉【あんとくせん】……純霞の父。没落した旧名家の当主。

安梅儀【あんばいぎ】……純霞の姉。

葉永祥【ようえいしょう】……若冠十七歳にして史上最年少で科挙に合格した天才。純霞の幼馴染み。

浣絽【かんりょ】……純霞の侍女。

司飛蓮【しひれん】……司家の長男。

司飛龍【しひりゅう】……飛蓮の双子の弟。兄の身代わりとなって処刑された。

司胤闕【しいんけつ】……飛蓮と飛龍の父。朝廷の高官だったが、冤罪で流刑に処され病死した。

曲律真【きょくりっしん】……豪商・曲家の一人息子。飛蓮の友人。

京【きょう】……律真の母。

呉月怜【ごげつれい】……美麗な女形役者。司飛蓮の仮の姿。

夏柏林【かはくりん】……月怜がいる一座の衣装係の少年。

呂檀【りょだん】……年若い女形役者。飛蓮を目障りに思っている。

黄楊殷【おうよういん】……もとの歴史で玉瑛の所有者だった、胡州を治める貴族。

黄楊慶【おうようけい】……楊殷の息子。眉目秀麗な青年。

黄花凰【おうかおう】……楊殷の娘。楊慶の妹。

黄楊戒【おうようかい】……黄楊殷の父親。

円恵【えんけい】……楊戒の妻。楊殷の母。

黄楊才【おうようさい】……楊戒の弟。息子は楊炎《ようえん》。

洪【こう】将軍……青嘉の父の長年の親友。

周才人【しゅうさいじん】……後宮に入って間もない、年若い妃の一人。

濤花【とうか】……妓楼の妓女。江良の顔馴染み。

玄桃【げんとう】……妓楼の妓女。江良の顔馴染み。

※この作品はフィクションです。実在の人物・団体・事件などにはいっさい関係ありません。

集英社オレンジ文庫をお買い上げいただき、ありがとうございます。
ご意見・ご感想をお待ちしております。

●あて先
〒101-8050　東京都千代田区一ツ橋2-5-10
集英社オレンジ文庫編集部 気付
白洲　梓先生

集英社
オレンジ文庫

威風堂々悪女 5

2021年1月25日　第1刷発行
2021年6月29日　第2刷発行

著　者　白洲　梓
発行者　北畠輝幸
発行所　株式会社集英社
〒101-8050東京都千代田区一ツ橋2-5-10
電話【編集部】03-3230-6352
【読者係】03-3230-6080
【販売部】03-3230-6393（書店専用）
印刷所　大日本印刷株式会社

ISBN 978-4-08-680360-1 C0193

集英社オレンジ文庫

仲村つばき

廃墟の片隅で春の詩《うた》を歌え

王女の帰還

革命により王政が廃され、末の王女が
『廃墟の塔』に幽閉されて幾年月。
隣国に亡命した姉王女の手紙で
王政復古の兆しを知った彼女は、
使者の青年と廃墟を出るが…?